Wilhelm Johann Christian Gustav Casparson, Wilhelm Johann
Christian Gustav Casparson

Nachrichten von der Person und dem Leben Johann Joachims von

Rusdorf

Wilhelm Johann Christian Gustav Casparson, Wilhelm Johann Christian Gustav Casparson

Nachrichten von der Person und dem Leben Johann Joachims von Rusdorf

ISBN/EAN: 9783742899392

Hergestellt in Europa, USA, Kanada, Australien, Japan

Cover: Foto ©Raphael Reischuk / pixelio.de

Manufactured and distributed by brebook publishing software (www.brebook.com)

Wilhelm Johann Christian Gustav Casparson, Wilhelm Johann
Christian Gustav Casparson

Nachrichten von der Person und dem Leben Johann Joachims von

Rusdorf

Nachrichten

von

der Person und dem Leben

Johann Joachims

von Rusdorf,

ehemahlichen
Chur-Pfälzischen geheimen Rathe,
gesammlet durch
den

Verfasser der Merkwürdigkeiten

der Königin Christina von Schweden,
und aus dessen Französischer Handschrift
herausgegeben
von

W. J. C. G. Casparson,

Professor am Collegio Carolino in Cassel, der
deutschen Gesellschaften zu Göttingen und Bremen,
wie auch der Gesellschaft der freyen
Künste zu Leipzig Mitglied.

Frankfurt und Leipzig,
In der Knoch- und Eßlingerischen Buchhandlung,
1762.

Vorrede.

Obgleich diesen Nachrichten von dem Herrn von Rosdorf, noch vieles zu einer vollständigen Lebens = Beschreibung fehlt; so wird man doch dem Herrn Verfasser der Merkwürdigkeiten der Königin Christina Dank wissen, daß er einen so grossen Mann als der erstere war, einer zu besorgenden Vergessenheit zu entreissen sucht. Wenigstens ist es die Absicht dieses Schrift = Stellers, wenn er durch die obigen die Begierde des

Le

Lesers nach denen schätzbaren Hand=
Schriften Rusdorfs selbst, welche
von ihm in einem historischen und
chronologischen Zusammenhang ge=
bracht worden, erwecken will. So
billig es wäre, daß man die Regie=
rung eines Philipps des dritten
von Spanien, die Regierung ei=
nes Lerma, und die Jacobs und
Carls des ersten von Engelland,
ihres Buckinghams Regierung
nennte; so wahr bleibt es auch, daß
man da, wo ein grosser Henrich der
vierte sein eigener Minister ist, den=
noch die Memoires eines Sully
nicht überflüßig finden wird. Hier=
aus und aus mehreren Beyspielen
der Art, erhellet so viel, daß oft die
Geschichte dieses Staats=Manns
einen grossen Theil der Geschichte
seines Fürsten ausmacht, und die
Schriften eines andern, über die
noch nicht ganz helle Geschichte,
eines jedoch merkwürdigen Zeit=
Puncts, das nöthige Licht streuen
würden. Diß ist so richtig, daß zu=

wei=

weilen, wenn man lange geglaubt
hat, so gar in die Geheimnisse einer
Begebenheit aufs genaueste gedrun-
gen zu seyn, man in einem bißher
unbekannten Werke erst mit Verwunderung findet, wie vieles noch
daran vermisset worden. Unser
Herr von Rusdorf, gehört ohne
allen Zweifel hierher, wenn wir ihn
als den vertrautesten Zeugen der
kläglichen Umstände des damaligen
Deutschlandes und des verunglück-
ten Königs von Böhmen, Friedrich des fünften Chur-Fürsten von
der Pfalz, dessen Minister er war,
betrachten, und dabey bedenken, in
welchem Zusammenhange die Geschichte desselbigen, mit dem damals
so merkwürdigen Zeit-Punct nicht
allein würklich stund, sondern auch
welche Person damals Rusdorf
vorstellte. Doch, Verdienste werden nicht immer so belohnt, daß die
Nachkommenschaft denjenigen in seiner Grösse bey Lebzeiten kennen
lernt, welcher der Kopf manches be-

A 3   rühm-

rühmten Fürsten, und die rechte
Hand manches belorbeerten Helden
war. Die Klage der gedruckten Völ-
ker, macht oft nur einen Spani-
schen Olivarez unter Philipp dem
vierten, so wie einen hochmüthigen,
rachsüchtigen Richelieu, und geitzi-
tzigen Mazarin bekannt. Der Un-
dank hingegen und die Nachläßigkeit
der Welt, übergiebt denjenigen oft
der Vergessenheit, dessen herrschen-
de Leidenschaft allein die Liebe für
das allgemeine Wohl und die Sorge
für seinen Fürsten war. Auserdem
hängt von dem Glück oder dem Unglück des Erfolgs, meistentheils der
Ruhm eines solchen Werkzeugs grosser Dinge nur ab. Rusdorf hatte
das besondere harte Schicksal, bey
dem großmüthigsten von allem Ei-
gennutz entferntem Herzen, bey dem
feinsten und dem geübtesten Ver-
stande, bey der gründlichsten und
schönsten Gelehrsamkeit, und dem
unermüdesten Fleisse, der Minister
des unglücklichsten Fürsten seiner
Zeit

Zeit zu seyn. Vermuthlich hat ihn
diß nicht als denjenigen bekannt
werden laſſen, den der verewigte
Ochſenſtierna ſelbſt für den Mann
erklärte, welcher der damals ſo miß=
lichen Sache Deutſchlands vie=
les nützen könnte. Ueberdieß glück=
te es dieſem treuen Diener ſeines
Fürſten nicht, ohngeachtet aller ſei=
ner häufigen und ſchweren Bemü=
hungen, denſelbigen dem Un=
glück zu entreiſſen, in welches ihn
Rathgeber, die nicht ſo redlich und
vernünftig waren, durch Anneh=
mung der Böhmiſchen Krone ge=
ſtürzt hatten. Wenn die hier nach=
folgende Bogen, von allem dem den
Leſer einigermaſſen überzeugen ſoll=
ten, ſo hat man ſeine Abſicht errei=
chet. Wenn aber, wie zu beſorgen
iſt, noch etwas davon zurückblei=
bet; ſo kan man getroſt verſprechen,
daß die mit vieler Mühe von dem
oben angeführten berühmten Ge=
ſchicht = Schreiber geſammlete, in
Ordnung gebrachte und am Ende

dieſes Werkgens angekündigte Ruß-
dorfiſche Handſchriften und Merkwürdigkeiten, zu ſeiner Zeit den
Wunſch und die Begierde eines jeden Leſers vollkommen befried-gen
werden. Da man von der Kennt-
niß-vollen Wahl des erſten nichts
erwarten kan, als die Bekanntma-
chung des Nothwendigſten, Nütz-
lichſten und Beſondern aus denſelbigen, ſo glaubt man zum Vergnügen
der letzteren ankündigen zu dürfen,
daß alles dieſes im Drucke wohl zwey
Quart-Bände betragen möchte.

Caſſel den letzten Tag des Jän-
ners 1762.

Der Herausgeber.

Der

Der Leſer muß hier keine umſtänd=
liche Lebens=Beſchreibung des
Herrn von Rusdorfs erwar=
ten, ſondern man theilt demſelbigen nur
einige, indeſſen aber doch genaue und
richtige Umſtände mit, welche eine Be=
ziehung auf ſeine Perſon haben, und ei=
nen Theil ſeines Lebens ausmachen.
Ohnerachtet man alle Mühe angewen=
det, mehrere Materialien und beſondere
Nachrichten zu demſelbigen zu ſammlen,
ſo hat man doch ſeine Wünſche unerfüllt
geſehen. Der berühmte Königlich=Preu=
ſiſche Regierungs=Präſident zu Lingen

Herr von Loen machte uns zwar in sei=
ner Vorrede zu den Rusdorfischen
Consiliis und Negotiis publicis im Jahr
1725. die Hofnung, daß er durch die
Bemühung des Professor Joh. Chri=
stian Joannis zu Zweybrücken, in
den Stand würde gesetzt werden, sol=
ches als eine Zulage denselbigen bey=zu=
fügen. Im folgenden Jahre versprachen
uns die Verfasser der Leipziger Actorum
Eruditorum gar eine besondere Lebens=
Beschreibung Rusdorfs, durch diesen
Herrn Joannis; allein er starb ohne
dieß öffentliche Versprechen derselben
wahr gemacht zu haben. Als man sich
zuletzt an seinen Eydam den Herrn Asses=
sor und Professor Crollius eben daselbst,
als an den Erben seiner Handschriften
wandte, um aus denselbigen vielleicht ei=
nigen Trost zu erhalten; so antwortete
dieser aufs höflichste, daß sie ganz und
gar nichts davon enthielten, und daß er
noch weniger jemals eine Bemühung sei=
nes Schwieger = Vaters um Rusdor=
fen bemerkt habe. Der Herr Professor
Jber zu Hanau, war so gütig einige
Hei=

Heidelbergische Gelehrte zu befragen, ob
sie nicht etwas besäßen, welches in dieser
Sachen einiges Licht und verschiedene
Erläuterungen geben könnte ; allein
auch er wurde in seinen Nachforschun-
gen von keinem günstigen Glücke unter-
stützt. Andere Gelehrte benahmen uns
gar die Hofnung, jemals etwas zu unserm Behuf zu erhalten. Gewiß, es ist
befremdlich genug, daß das Andenken
eines Mannes von Stande und Gelehrten vom ersten Range, welcher mit vielen andern grossen Männern in- und auf-
serhalb Deutschlandes einen starken
Brief-Wechsel unterhielt, am Ende eines Jahrhunderts in seinem eigenen Va-
terlande, noch so wenig bekannt ist. Wir
sind also in der Nothwendigkeit, uns nur
in dieser Arbeit beynahe an die Umstände allein zu halten, welche man aus den
Briefen, Hand- und andern Schriften
des Herrn von Rusdorfs gesammlet
hat. Diesen Gebrauch hat man von denen daraus gesammleten weitläuftigen
und sich auf hundert geschriebene Bogen
erstreckenden Merkwürdigkeiten gemacht.

Da

Da es also an Nachrichten fehlt, welche
sein Leben näher angehen, so wird man
im Anhange einige Berichte anbringen,
welche er von seinen Reisen in Engel=
land, Böhmen und andern Ländern an
seine Freunde abgestattet hat. Sie wer=
den zugleich gewisse Umstände von der
Geschichte der merkwürdigen Zeit mit=
theilen, in welchen sie geschrieben sind.

Die wenigen Schriftsteller welche des
Herrn von Rusdorfs gedacht haben,
sind jedoch darinn eins, daß er im Jahr
1589. gebohren ist, und von einer alten
adelichen Bayerischen Familie des Na=
mens herstammt.*) Herr Witte behau=
ptet

*) In einem Briefe an den Ungarischen
Gottesgelehrten Alb. Molnar, erkun=
digte er sich bey ihm, nach seiner Schwe=
ster Marie Catherine, welche der
Churfürstlich-Brandenburgischen Prin=
zeßin Catherine, des Fürsten Beth=
lem Gabor von Siebenbürgen Ge=
mahlin, als Hofmeisterin ihrer Putz=
damen gefolgt war; zugleich meldet er,
daß sie mit einem Edelmann Namens
Lu=

ptet in seiner Biographie, daß er aus
Ost-Frießland herstamme, alleine seine
unten angeführte Grabschrift entscheidet,
daß die Pfalz sein Vaterland war *).
                                            In

Ludinghausen Wolf seye verheyra-
thet gewesen.   Dieser Brief ist vom
16. Junius 1626. und stehet im 2ten
Theile seiner Handschrift, S. 346.
und 347.   In einem andern von $\frac{12}{22}$.
Febr. 1633. welcher am Ende des 4ten
Theils seiner Handschriften befindlich
ist, schreibt er aus dem Haag an einen
Herrn von Loyson, Obristen des Regiments Gertzig seinen Schwager, und
bittet ihn, sich um die Befreyung seines Bruders George Balthasar von
Rusdorf eines schwedischen Haupt-
manns zu bemühen, der in Cölln ge-
fangen war, und sehr übel gehalten
wurde.

*) Herr Witte wird Aurich, eine kleine
   Stadt in Ost-Frießland, an statt Auerbach einer Stadt im Zweybrücki-
   schen, und des Geburths-Orts unsers
   Rusdorfs gelesen haben. Ausser ihnen sind noch Auerbach oder Aver-
   bach zwey kleine Städte in Sachsen
                                         und

In einem nach dem Tode des Königs Friedcrichs von Böhmen seines Herrn, an den schwedischen Groß-Canzler Ochsenstierna geschriebenen Briefe, erkennt er sich selbst dafür; er sagt in demselbigen, da er schon 18. Jahre in seinem Dienste gewesen, so seyen die Söhne dieses Fürsten, nach dem natürlichen und Erbfolge-Recht seine Herrn worden *).

Seinem alten Freunde Caspar Barthies berichtet er in einem andern Brie-

und dem Würtenbergischen; allein Rusdorfs Briefe selbst heben allen Zweifel.

*) Unter andern spricht Rusdorf bey Erwähnung des Tobtes seines Königs folgendes: Jam haud procul abesse videbar a fructu percipiendo – – – in restitutione Palatinatus patriae – – – . Me solatur quod pro Serenissimo Rege Friderico aenigmata vultus ejus – – in libris relictis habeam qui *lege naturae* et jure successionis facti sunt domini mei. Im 3ten Theil seiner Handschriften S. 441. dieser Brief ist den 30ten December 1633. geschrieben.

Briefe des Jahrs 1618. daß er nach
dreyjährigen Reisen in fremden Landen,
bey der Zurückkunft in sein Vaterland
von dem Durchlauchtigsten Chur = Fürsten von der Pfalz, aus dessen eigener
Bewegung, mit der Würde eines Raths
unter die Richter seiner Regierung gesetzt
worden *), und setzt hinzu: Hernach
hat

*) Sein Brief ist zu Heidelberg den 9ten
  März 1618. geschrieben, und steht im
  2ten Theil seiner Handschrift, S. 788.
  und er schreibt hiervon also: Me rede-
  untem patriam Snuus Elector *Palatinus*
  ultro in dicasterium inter judices assum-
  sit. Herr **Placcius** hat sich also be-
  trogen, wenn er in seinem Theatro
  Pseudonymorum §. 1362. p. 360. behauptet, daß Herr von Rusdorf in
  seiner Jugend Kriegs = Dienste geleistet
  habe. Denn man kan keinen Zeit=Punct
  ausmachen, da er dieß hätte thun können, indem, wie er selbst sagt, sein Herr
  nach der Zurückkunft von seinen Reisen
  ihn sogleich im Civil=Stand gebraucht
  habe, und er in diesem von einer Stu-
  fe zur andern gestiegen, biß er am Englischen Hofe Gesandter seines Fürsten
  und

hat mich mein Herr zur Verrichtung mehrerer Staats = Geschäfte gebraucht, um mich zu denen grösseren des Cabinets zu bilden. Er fühlte sich auch selbst in der Stärke des Geistes, welche die Vorsicht ihm zu Uebernehmung wichtiger Händel gegeben hatte *). Kurz darauf hatte ihn der Churfürst ohne sein Wissen der Cammer zu Speyer als Beysitzer an diesem höchsten Reichs = Gericht vorgestellt. Ob er sich nun gleich mit Johann Georgen von Gruen nicht in Vergleichung stellen wollte, um

vor

und in dieser Beschaffenheit hernach an verschiedene andere fremde Höfe geschickt worden.

*) Er bekennet dieses in einem seiner Briefe vom Jahr 1627. seinem Freunde dem Baron Spenser, Gustav Adolphs Gesandten am Englischen Hofe, ganz frey: Me natum patriae et communi bono vocatumque esse a Deo et a natura ad curas publicas, novi. Quocumque loco ero spartam quam nactus sum, adornabo, quantum Deus permiserit et fortuna.

vor ihm diese Stelle zu erhalten; so hielt
er sichs doch, wie er sagte, vor eine grosse Ehre, daß man ihn, ohnerachtet seiner
Jugend, würdig gefunden hätte, dieser
Cammer ihn, mit einer so geschickten
Person, als Herr von Gruen war, zugleich zu empfehlen. Eben demselbigen
theilt er auch im folgenden Jahre 1619.
eine Beschreibung von seiner Reise nach
Böhmen mit, wo er im Gefolge des s. den
Churfürsten von der Pfalz, der von dem Anhang
Grafen von Manßfeld geführten Bela- Buchst.
gerung von Pilsen beywohnte. In der- U.
selben nennt er Prag die größte Stadt
in Deutschland, und sagt, daß ausser ihr
noch 700. Städte in Böhmen wären,
erzählet, daß das ganze Königreich
durch innerliche Unruhen aufgebracht,
das Böhmische Heer in einem Bedau-
renswürdigen Zustand sehe, die Unei-
nigkeit unter den Heerführern herrsche,
und darum das arme Land um so vielmehr ausstehen müsse. Auch fügt er
zwey bey Gelegenheit der Ehe-Verbin-
dung des jungen Baron von Tmirsitz
verfertigte Sinngedichte bey.

B   Im

Im folgenden Jahre begleitete Herr von Rusdorf den Gesandten welchen der Churfürst von der Pfalz an den König von Großbrittanien schickte; eine hinlängliche Erzählung von dieser Reise macht er in einem Schreiben an den Pfälzischen Rath Dieterich Winterfels.

f. den Anhang Buchst. B.

In demselben führt er als etwas besonders, eine von den Jesuiten zu Cölln aufgeführte Comödie an, welche einen Spott über die Protestantische Religion enthielt. Außer andern Schmäh‑Reden hatten sie den Luther Bestia illa islebiensis genannt, behauptet, daß seine Lehre das Kriegs‑Feuer in Deutschland angezündet habe, und daß sie darum verdiene durch Feuer und Schwerd ausgerottet zu werden. Hiervon kommt er darauf, daß sie nach der Ankunft zu London bey dem ihnen vom König verstatteten öffentlichen Gehör, ihm mit gebeugtem Knie, die linke Hand geküßt hätten, *)

fer-

*) Herr von Rusdorf bemerkt in seinem Briefe an dem Herrn Straßburgk, Gustav Adolphs Botschafter an der

Otto-

ferner, wie prächtig des Lords Donca-
stre Gasterey gewesen, daß der Marquis
von Buckingham ein junger Milchbart
von geringem Adel, ohne alles Verdienst,
der theure Liebling des Königs *) wäre,

B 2 und

Ottomannischen Pforte, und bey dem
Fürsten von Siebenbürgen, daß zu
seiner Zeit in Italien, Frankreich und
Engelland die linke, in Deutschland
aber die rechte vor die geehrtere gehalten worden. Ich weiß selbst aus der
Erfahrung, daß dieser Gebrauch vor einigen dreyßig Jahren in einigen Italiä-
nischen Städten noch geltend war.

*) Den Grund dieser übertriebenen Gunst
des Königs Jacob, schreibt man einer
sträflichen Leidenschaft desselben gegen
seinen Günstling zu. Man behält noch
die Briefe von des Königs eigener
Hand an den schönen Buckingham auf,
und hat sie zum Theil bekannt gemacht.
Wie Herr Mary im May und Junius
1755. seines Journals Britannique an-
merkt, muß ein jeder schamhafter dabey erröthen. Wenn die Namen nicht
da stünden, so sollte man meynen, Ha-
drian habe sie an den Antinous geschrieben.

und vor Geld, welches man ihm gäb, alles thäte und bewürkte, was er nur wollte. Noch mehr hielt er sich auf bey der Hinrichtung eines Raths von der Cammer, der wegen des Verbrechens der beleidigten Majestät gehangen, und mit einer unglaublichen Standhaftigkeit zum Tode gegangen wäre, ob man ihm gleich lebendig geöfnet, und das Herz aus dem Leibe genommen habe. Die Erzählung von der Beysetzung der Königin Anna mit allen dabey beobachteten Feyerlichkeiten, folget darauf, und einen angenehmen Schluß macht die Schilderung der Stadt Londen und des Characters und Bildes der Englischen Nation.

Im Jahr 1620. schrieb Herr von Rußdorf an seinem Freund den Herrn von Gruen, der nunmehr des Reichs-Cammer-Gerichts würklicher Beysitzer war. Er unterhält ihn mit der ihm so angenehmen Begebenheit, daß er die Ehre und das Glück gehabt hätte, mit Gustav Adolph König von Schweden sich unbekannter Weise lange Zeit

f. den Anhang Buchst. E.

zu

zu unterreden. Es wäre derselbe mit
seinem Schwager dem Pfälzischen Prinzen Johann Caßimir, ohne gekennet zu
werden an den Heidelbergischen Hof gekommen, und er hätte ihn in das Lager
des Markgrafen von Baaden im El-
saß begleitet. Als der König auf dem
Wege erfahren daß die besten Stücke in
denen Ländern der weltlichen Herrn denen Geistlichen zugehörten, habe er zu
Rußdorfen gesagt, wann der König
sein Herr hier regierte, so würde er dieses Joch der Abhängigkeit schon lange
abgeschüttelt, und diese Popen unter
das Gesetz des Gehorsams gebracht haben. Sie besprachen sich von den gro-
sen Eigenschaften, mit welchen der allgemeinen Behauptung nach, der König be-
gabt seyn sollte, zugleich aber auch von
dem Geschmack welchen er in den schönen Wissenschaften hätte. Rußdorf
zeigte seine Verwunderung, daß die
Reichs-Stände ihn nicht schon bewo-
gen hätten, sich zu vermählen und brachte bey der Gelegenheit an, daß die
Schwester des Churfürsten von der

B 3   Pfalz

Pfalz seines Herrn, Catharine *) sich
am besten für ihn schicken würde, da bey-
de Prinzen in Absicht auf den Besitz ihrer Königreiche einerley Schicksaal hätten. Denn der Kayser machte Forde-
rung an das Königreich Böhmen, und
der König von Pohlen auf den schwedischen Thron. Er fährt fort Gustav
Adolph hätte darauf geantwortet: der
König Friederich dürfte an dem guten
Willen des Königs von Schweden gegen

*) Rusdorf sagt, das sey die nemliche
Prinzeßin gewesen welcher folgendes be-
gegnet. Der König, welcher sie noch
nicht kannte, folgte mit den andern Edel-
leuten des Hofes den Prinzen und Prin-
zeßinnen auf einem Spazier-Gange
nach, und näherte sich ihrer, mit etwas
mehrerer Freyheit, um zu hören, wovon
sie sprachen; die Prinzeßin legte ihm
dieses als eine Unhöflichkeit aus, und
sagte deßwegen auf Französisch: Wie
sind diese Schweden so frech? Indeß
verstund Gustav Adolph das Franzö-
zösische so vollkommen gut, als mehrere
andere Sprachen. f. die Merkw. der
Christine den 4ten Theil, S. 255.

gen ihn nicht zweifeln, und als Rusdorf darauf die Anmerkung gemacht hätte, mit wie vieler Beschwerlichkeit
Schweden dem König von Böhmen
könnte zu Hülfe kommen, weil in den
Nordischen Ländern das Geld eben nicht
in Ueberfluß wäre, so habe Gustav
Adolph geantwortet, die schwedischen
Bergwerke seyen die reichsten von Europa *), und das Königrich selbst
brächte noch viele andere Dinge hervor,
welche man in Geld verwandeln könnte.
Als das Gespräch auf die Catholische
Religion gefallen, sagt Rusdorf, hätte der König seine Abneigung gegen dieselbige bezeuget, und unter andern erzählt, als er durch Erfurt gekommen
seye, habe er einem Priester einen Du-
caten gegeben, der ihm die Messe hätte
B 4   lesen

*) Es ist allerdings richtig, daß zur Zeit
   Gustav Adolphs und Christinens die
   Silber und Kupfer Minen in Schweden, an diesem Metall viel ergiebiger
   waren, als sie, so viel man weiß, nur
   jemahls gewesen.

lefen müſſen. Nach allem dieſem gab
Rusdorf zu verſtehen, daß ihn vielleicht
der König ſein Herr dereinſt nach Schweden ſchicken könnte, er bäte ihn alſo, ihm
als ein Unbekannter ſeinen Namen zu ſagen, daß er bey ſeiner Ankunft jemand
in Schweden fände, an den er ſich wen-
den könnte. **Guſtav Adolph** antwortete ihm, ſein Name ſey **GARS**, er wäre
Hauptmann im Dienſt ſeines Durch-
lauchtigſten Fürſten, und wenn **Rus-**
dorf jemals nach Schweden käme, ſo
wollte er ihm alle nur mögliche gute
Dienſte erzeigen, und ihm die Kennzei-
chen der Gnade des Königs von **Schwe-**
den empfinden laſſen. Wenig Tage
darauf erfuhr **Rusdorf,** daß er ſich mit
dem Könige ſelbſt ſo vertraulich unter-
halten, und daß der Name **GARS** die
Anfangs - Buchſtaben von Guſtavus
Adolphus Rex Sueciae ausmachte. Der
Schluß dieſer Erzählung iſt dieſer: Er
habe ſeinem Freund nicht den Antheil
vorenthalten wollen, welchen er daran,
als einem ihm zugefallenen beſondern
Glücke nehmen würde, und ihm deßwillen

len habe er sich in diesem Schreiben an
ihn eines jeden Umstandes von der ganzen Unterredung besonders erinnert. Einige Jahre hernach 1624. schrieb Rusdorf an Gustav Adolph und an den
Groß-Canzler Ochsenstiern, und be-
zeugte noch seine Freude über diese eben
angeführte Ehre des Gespräches mit dem
König. Er bietet alle Dienste an, zu
welchen sie ihm vermögend glauben würden, und verheisset, daß er sich bey Verrichtung derselben desto treuer beweisen
würde, da der König sich so großmüthig
für seinen König und Herrn erklärt habe. Im Jahr 1626. dankt der Herr
von Rusdorf dem einen sowohl als
dem andern, vor das Königliche Gna-
den-Gehalt, welches der König mit
Bewilligung seines Königes ihm ange-
wiesen. *) Er verspricht die Berichte
B 5 von

---

*) Man sieht aus den Rusdorfischen Brie-
fen an den Cardinal Richelieu vom
April und May 1626. im dritten
Theil der Handschriften S. 101. 103.
wie auch aus denen an die obersten Englischen

von allen Neuigkeiten welche seine Auf-
merksamkeit verdienen möchte, so wie bißher an den Groß-Canzler zu berichten.
Er würde es, wie er dem beyfügt, mit
desto grösserer Aufrichtigkeit thun, weil
es ihm ahndete, daß dieser der König
wäre, welchen GOtt gewählet hätte,
durch seinen Dienst die gute Sache und
die Religion von der Unterdrückung zu
retten, unter welcher sie schmachteten,
und sie dereinst in einen herrlichern Zustand zu versetzen, als in welchem sie jemals gewesen wäre *). Londorf hat
im 9ten Theil der Frankfurter Ausgabe

4.

glischen und Dänischen Staats-Be-
dienten der Jahre 1633. 1634. im 4ten
Theil der Handschriften S. 205. 207.
und 421. gleichfalls, daß Rusdorf von
diesen Höfen, wenigstens auf einige Zeit
Gnaden-Gehalte genossen.

*) Man fügt im Anhang Buchst. D. ei-
nes seiner Gedichte bey, um sowohl von
Rusdorfs Gesinnungen gegen Gustav Adolph als von seiner Stärke in
der lateinischen Sprache eine Probe zu
geben.

4. S. 32-45. seiner Actorum Publicorum zwey Rusdorfische Briefe vom Sep-
tember 1621. an den Pfälzischen Canzler, in welchen er diesem die Lage bekannt macht, welche dermalen, das Geschäfte des Lords Digbby in Betref des
Königs Friedrichs von Böhmen *) am
Kayserlichen Hofe habe. Rusdorf
klagt in denselben deutlich genug, daß
der Englische Gesandte wenig von den
Händeln des Reichs verstehe, daß er
um deßwillen ihm eingeben müsse, was
er zu thun habe, und noch glücklich genug sey, daß er seinen Rathschlägen folge. Im Vorbericht erzählt er, daß er
sich heimlich im Hause des Gesandten
als sein Bedienter aufhalte, um nicht er-
kannt zu werden. Es ist auch wahr-
scheinlich, daß er sich bey ihm auf den
Fuß

*) Die Unterhandlungen welche der Lord
Digbby zu der Zeit mit so wenig Fortgang pflegte, sind im 2ten Theil der
Actorum Publicorum Londorps fol.
beym Jahre 1621. S. 484-509. des-
gleichen S. 516. 522. 1c. enthalten.

Fuß befand, weil er in seinen Briefen
sich beklagt, wie sehr der Zwang ihm
mißfiel, in welchem er zu Wien lebte,
er setzt hinzu, daß er mit dem Gesandten Spanisch redete, ob er gleich von
ganzem Herzen ein guter Deutscher wäre. Uebrigens bezeugt er seinen Kummer darüber, daß sein mit so vielem Miß-
vergnügen und mit so weniger Sicher-
heit für seine Person verbundener Aufenthalt zu Wien, ihn verhindert habe,
mit dem Großbritannischen Gesandten
nach Spanien zu gehen, wo er seinem
Herrn hätte gute Dienste leisten können.
Als Herr von Rusdorf das Jahr darauf von Wien zurück kam, wurde er von
König Friedrich von Böhmen als sein
Bevollmächtigter an dem Englischen Hof
gesandt und man erkannte ihn daselbst in
dieser Beschaffenheit. In unserer Vorrede zu denen oben erwehnten Merkwürdigkeiten findet man Nachricht von seinen dortigen Händeln, und seine in der
Sammlung selbst davon befindliche Berichte beweissen hinlänglich, daß er seine
Zeit in Londen nicht unthätig zugebracht
habe.

habe. Ja im Gegentheil sollte man kaum
glauben, daß er vor seine Person daselbst allein alles hätte verrichten können,
wenn man zu allem dem, den sehr weitläuftigen Briefwechsel rechnet, welchen
er in den 5. Jahren seines Auffenthalts
in Engelland mit beynahe hundert Per-
sonen führte. Es ist kein Zweifel, daß
sich nicht darunter mehrere andere Stücke befinden sollten, welche durch ihren
Inhalt verdienen, daß man sie gemein
mache.   Wir leben aber nicht mehr in
dem Brief-Jahrhundert, wo man gerne alles öffentlich mittheilte, was gelehrte und grosse Männer geschrieben hätten,
eben als wenn sie in ihrem Leben, sich nur
mit ernsthaften, und niemals auch wie alle andere Menschen, mit Kleinigkeiten
oder gleichgültigen Sachen abgegeben
hätten.   Wenn also auf diese vorläufi-
ge Nachrichten, das angezeigte Werk
selbst folgen sollte, so wird man es so
wenig durch dergleichen überflüßige Sachen groß und kostbar machen, daß man
vielmehr sein Augenmerk bey der Be-
kanntmachung nur auf die wichtigste

Stü-

Stücke richten wird. Was den Brief
betrift, welchen er im Jahr 1625. an
Herrn Paul Straßburgk, Gustav A=
dolphs Gesandten bey dem Fürsten von
Siebenbürgen und der Ottomannischen
Pforte geschrieben, so verdient er unserm
Bedüncken nach, vor vielen andern sei=
ner Zeit ans Licht zu kommen, denn in
demselben giebt Rusdorf einem Gesand=
ten die schönsten und besten Regeln sein
schweres Amt wohl zu verwalten. Er
beschreibt darinn nicht allein die erforder=
lichen Eigenschaften eines Gesandten und
die Regeln durch deren Beobachtung er
einen guten Fortgang seiner Geschäfte
bewürken muß; sondern er giebt auch die
Mittel an Hand, vermöge welcher man
den Character einer Nation kennen ler=
nen, und in die Geheimnisse der Staats=
Männer und des Fürsten dringen soll,
bey denen man sich aufhält. Rusdorf
mischt unter seine Abhandlungen mehrere
Puncte und Beyspiele, welche er aus der
alten sowohl als neuen Historie gezogen,
und zieht in Anwendung auf fast alle re=
gierende Familien in Europa, die An=
merkung

merkung daraus, daß nicht eine einzige
sich über den 4ten oder 5ten Grad von
gerader Abstammung in gleichem Glück
und Ansehen behauptet habe. Die Ursache desselben schreibt er dem Eigensinn,
der Nachläßigkeit, der Verschwendung
und den unnützen Vergnügungen der
Prinzen ihrer Zeit zu, welche sich blind-
lings von ihren Lieblingen leiten und
führen ließen; und diese sind meistentheils Leute welche so unwissend als boß-
haft und für nichts aufmerksam sind, als
für ihren eigenen Nutzen.

Unter die Anzahl derselben setzt er
vorzüglich den Herzog von Buckingham. Dieser konnte die Aufrichtigkeit
des Herrn von Rusdorf nicht ertragen
und die Wahrheiten nicht hören, welche
dieser wegen der bösen Verwaltung der
Geschäfte in- und ausserhalb Engellands
ihm sagte, und brachte es darum bey König Carl dem ersten und dem König
Friedrich v. Böhmen dahin, daß der
letztere, Rusdorfen am Ende des Jahres 1626. von diesem Hofe zurück berief.

Er

Er giebt seinem Freund dem Pfälzischen
Rath Herrn Pawel Rechenschaft davon, und schreibt ihm, daß der König ihr
Herr ihn ungern zurückberufen hätte, allein aus Furcht, daß man ihm das zu
seinem Unterhalt so nöthige Gehalt nehmen möchte, habe er drein willigen müs-
sen. Die Anklage des Herzogs von
Buckingham gegen Rusdorfen be-
stund eigentlich darinn, daß dieser mehr
für andere Höfe als für den Englischen
Hof eingenommen wäre, indem er denen
fremden Gesandten alles, biß auf die
größten Geheimnisse entdeckte, und was
auch die Englische Staats-Regierung
nur vornahme, übel auslegte. Rusdorf wendet nichts dawider ein, daß er
nicht einen vertrauten Brief-Wechsel
mit den Gesandten der andern Höfe, wenn
sie es mit der guten Sache hielten, gepflo-
gen hätte; allein der Haß des Herzogs
von Buckingham und seiner Anhänger
gegen ihn, hätte besonders seinen Grund
in dem von ihm geäusserten heilsamen
Wunsche, daß der König sich mit dem
Parlament und seinem Volke gut verstehen

stehen möchte. Es könnten aber diese
Herren, aus Einbildung, daß der Name des Parlaments und des Volks
Drohungen enthielt, daß man dadurch
das allzugroße Ansehen der Nation billige
und sie im Mißbrauch ihrer Freyheit
auf die Unkosten der höchsten königlichen
Gewalt bestärken wollte, nicht dulten,
daß man diese Seite berühre.

Auf der Rückreise nach dem Haag
hatte Rusdorf neue Ursachen sich darüber zu beschweren, daß Buckingham
durch seine Creaturen alles that, um ihn
bey dem König von Böhmen zu ver-
läumden und anzuschwärzen, allein dieser hätte ihn zu seinem großen Troste versichert, daß ohnerachtet aller seiner Ver-
läumder, die ihn wollten bey ihm ver-
dächtig machen, er so sicher auf seine
Treue wäre, daß nichts im Stande seye,
sein einmahl auf ihn gesetztes Zutrauen
zu verringern. Er ließ also diese Leute
alles sagen was sie wollten, und berief
sich auf das Zeugniß seines Gewissens
und auf die Reinigkeit seiner Gesinnungen.   C   In

In eine neue Verwirrung setzte ihn
die Nachricht, daß die Briefe des Herrn
Camerarius, Gustav Adolphs Gesandten im Haag, durch die Danziger
aufgefangen, und durch die Neider
Schwedens zum Drucke befördert worden. Weitläuftiger wird davon in seinen Merkwürdigkeiten gehandelt, Herr
von Rusdorf war deßwegen meistens
in Sorgen, weil er und sein Freund
Spenser ausdrücklich darin genennt
waren. Er hatte diesem den Rath gegeben, sich aus Engelland wegzubegeben.
Indessen hatten sie nur die Frucht davon
gehabt. In eben demselbigen Jahre
1625. begab er sich an den Französischen
Hof, um daselbst die Sachen seines Herrn
ins Gleiche zu bringen. Allein er hatte
hier so wenig Glück als auf dem Congreß
zu Collmar, wo eine Unterredung wegen
der Aussöhnung des Königs von Böhmen mit dem Kayser unternommen wurde. Von da gieng er mit dem Englischen Gesandten nach Hamburg in der
Meynung auf die Churfürsten = Ver-
sammlung in Mühlhausen zu kommen,

er

er konnte aber vom Kayſer kein ſicher Ge-
leit erlangen, und mußte alſo nach dem
Haag zurückkehren. Im Jahr 1629.
gieng er abermals nach Frankreich, und
nach vieler Mühe und Arbeit richtete er
dießmal zum Beſten ſeines Herrn etwas
mehr aus, als in den zwey vorhergehenden Jahren geſchehen war. Die Erzählung, wie er ſich nach den Umſtänden
dieſes Hofes zu der Zeit gerichtet, findet
ſich gleichfals in ſeinen Merkwürdigkeiten eingerückt.

Da ihn die Engliſche Regierung über
die Sachen in Deutſchland beſtändig
als Rathgeber gebrauchte, ſo erhielt er
das Jahr darauf den Befehl mit dem
Engliſchen Geſandten Anſtroather an
den Wieneriſchen Hof zu gehen, weil
man denſelben nach dem Kriegs-Glück
welches Guſtav Adolph in Deutſchland zu haben anfieng, viel beugſamer
zu finden glaubte. Allein man fand ihn
faſt eben ſo unbeweglich als vorher und
endlich wünſchte ſich Herr von Rusdorf
ſelbſt Glück, daß er gleichſam einer Art
von Gefangenſchaft entgangen ſey, denn

so betrachtete er **Wien** und den Käyser-
lichen Hof.

Als er im Jahre 1631. nach **Engelland** zurück gieng, um wegen der An-
weiſſungen und Maaßregeln zu Rathe
gezogen zu werden, welche man dem
neuen Geſandten an dem Kayſerlichen
Hof geben wollte, berichtete er ſeinem
Herrn, daß er von König **Carl** dem erſten und ſeiner Staats-Regierung mit
aller Gnade überhäuft worden. Weil
er den Nutzen und die Vortheile ſeines
Herrn und **Guſtav Adolphs**, in Abſicht auf des letzteren Unternehmungen
in **Deutſchland** vor unzertrennlich hielt,
ſo ſuchte er alles mögliche zur Unterhal-
tung und Vermehrung derſelben zu thun,
biß der Tod beyder Könige innerhalb
funfzehen Tagen auf einander folgte.

Nach dieſem erſann er einen ganz andern Staats-Entwurf oder Syſteme
und glaubte, daß er beſſer durchdringen
würde, als derjenige durch deſſen Aus-
führung der Großcanzler **Oxenſtierna**
das beſte der Proteſtanten zu befördern
ſuch-

ſuchte. Rusdorf hingegen der zum
voraus ſetzte, daß die Verwaltung ih=
rer allgemeinen Geſchäfte in Deutſch=
land, nach dem nunmehr erfolgten To=
de Guſtav Adolphs, unfehlbar in die
Hände des Churfürſten von Sachſen
fallen müſte, beredete ſich zu leicht, daß
Schweden ſich nicht mehr in dieſelbige
miſchen, und daß der Großcanzler, als
ein bloſſer ausländiſcher Edelmann, noch
viel weniger es ſich einfallen laſſen wür=
de, bey derſelben eben ſo viel zu ſagen
zu haben als der Churfürſt. Dem zu=
folge urtheilte er, es für die ſämtliche
Proteſtanten im Reich am heilſamſten
zu ſeyn, daß die drey Chur=Häuſer,
Sachſen, Pfalz und Brandenburg
ſich mit einander vereinten, welche als=
denn ohne Zweifel die ſämtlichen Pro=
teſtantiſchen Fürſten und Stände in ein
allgemeines Bündniß ziehen würden.
Wenn man alsdenn dieſelbe durch eben
die Kräfte und Beyhülfe unterſtützte,
welche Schweden bißher gehabt hatte,
ſo müßten ſie denen Ligiſten nur allzu=
hinlänglich die Spitze ſo lange bieten

können,

können, biß diese endlich sich gerne da=
mit begnügten, ihnen auf billige Bedin=
gungen einen Frieden zuzustehen.

So gut dieser Entwurf des Herrn
von Rusdorf ausgedacht zu seyn schien;
so fand er doch in der Folge unübersteig=
liche Schwierigkeiten, um ausgeführt zu
werden *). Der Großcanzler Oxen=
stierna der diesen Anschlag wohl wußte,
sahe die gefährlichen Folgen einer solchen
Trennung der Protestanten zum voraus,
und ließ ihn deßwegen ganz freundschaft=
lich ersuchen, die gute Sache mit dem
bißher bezeigten Eifer ohne Unterlaß zu
bearbeiten; allein da der erstere ohne
Zweifel in sein von ihm erfundenes Sy=
stem verliebt war, so wollte er davon
nicht abgehen und ließ sich im Jahr 1633.
an den Dänischen und einige deutsche
Höfe verschicken, um sie zur Theilneh=
mung

*) Alle diese Hindernisse sind ganz weit=
läuftig in der Vorrede und in der Samm=
lung seiner Merkwürdigkeiten selbst ent=
halten.

mung an demſelbigen zu bringen. Ob
er nun gleich überall den beſten Willen
fand, ſo wollte es doch ſeinen Vorſtel-
lungen keineẞweges glücken, da er es mit
einer ſtarken Gegenparthey und mit dem
Großcanzler als dem vollkommenſten
Staatsmann angebunden hatte. Als
Ruẞdorf den ſchlechten Fortgang ſei=
nes Anſchlags bemerkte, und die Hofnung zum Zwecke zu gelangen, ſich ſelbſt
immer mehr entfernte, ſo kränkte es ihn
natürlicher Weiſe gar ſehr, und der Troſt
nur blieb ihm übrig, bey ſeinen Freunden über ſein mißgünſtiges Glück zu kla=
gen *)

C 4   Als

*) Seinen Kummer darüber bezeugt er un=
ter andern in einem Brief an den Herrn
Mauritius, Pfälziſchen Geſandten bey
dem Engliſchen Hofe alſo: Helas! helas! medio de fonte leporum ſurgit a-
mare aliquid, quod in ipſis fontibus an-
git. - - - Quando tandem finis erit
noſtrarum moleſtiarum, aerumnarum,
laborum? ſatietas nos capit vanitatum.

Als er endlich im Anfang des Jahres 1634. von seinen Gesandschaften im
Haag zurückkam , und das Pfälzische
Haus nunmehr wieder in den Besitz des
besten Theils seiner Lande war gesetzt
worden , erhielt Rußdorf Befehl sich
dahin zu begeben, und die Regierungs-
Geschäfte des Chur=Fürstenthums mit
abzuwarten. Einige Zeit vorher, nem-
lich den 9ten (19ten) Julii schrieb er
an die verwittwete Churfürstin von
Brandenburg wegen seiner Reise nach
der Pfalz, daß er ohne Wegerung sich
dahin begeben würde, wohin ihn seine
Vorgesetzte beriefen, da er sich aber jetzt
in einem stillen und ruhigen Zustande
bey der Königin seiner gnädigen Frau-
en, und bey ihrem Prinzen als bey der
aufgehenden Sonne befände, da auch seine Lebens = Art so wie sein Studiren,
sich nicht mit allen Arten von Geschäf-
ten vertrügen, so wünschte er sehr, daß
obiges mit seiner Bequemlichkeit geschä-
he. Vornehmlich fordert er, daß man
ihm zu gewissen unter Händen habenden
historischen Werken Zeit genug übrig
laf=

laſſen möchte; er wollte dieſelbigen zum
Beſten der Nachwelt, beſonders aber
zum Vortheil des Churpfälziſchen Hau-
ſes und zur Vertheidigung ſeines verſtor-
benen Königs gerne zu Stande bringen,
denn wenn mir GOtt das Leben läßt,
ſagt er, ſo habe ich groſe Luſt nach dem
Beyſpiel des Marquardus Freher und
anderer die ſich um die Pfalz verdient
machten, mehrere Sachen ans Licht zu
bringen, von welchen ſowohl die jetzt le-
benden, als auch die Nachkommenſchaft
Kenntniß haben müſſen, um von denen
bißherigen Staats-Händeln in ſo weit
ſie uns angehen ſo wohl, als auch von
der Unſchuld und Aufrichtigkeit ehrlicher
Leute welche dieſelbige unter Händen gehabt, und von der Boßheit und dem
übeln Betragen der Feinde ein ſicheres
Urtheil fällen zu können. Endlich ver-
ſichert er dieſe Fürſtin, daß er durch eine kleine gedruckte Probe ſie nächſtens
in den Stand ſetzen wolle, ungefähr ſo
viel von ſeinem Vorhaben einzuſehen,
daß es nichts anders, als die Behauptung gewiſſer Rechte der Erben ſei-

nes seeligen Königs und die Vertheidigung der gerechten Sache sowohl als
seiner Unschuld und Redlichkeit zum
Grunde habe *). In einem darauf
folgenden Schreiben von 16. (26.)
Jul. 1633. **) schreibt er ihr, nebst
Uebersendung der versprochenen Probe,
daß dieses Werk unter dem Titul: De-
duction des Rechts des Pfälzischen
Hauses Rupertischer Linie, seiner Pri-
vilegien und Vorzüge, zugleich aber
auch die Rechtfertigung der gerechten
Sache und des Verfahrens des ver-
storbenen Königes mit der überdas bey-
gefügten bewiesenen Ungerechtig = und
Nichtigkeit der Achterklärung, der un-
rechtmäßigen Besitzung unternommenen
Uebertragung des Churfürstenthums an
andere und andrer von einander ab-
hängender Dinge wohl 100. Bogen
betragen würde. Man muß aber, sagt
er, Zeit darzu haben, um arbeiten und
tau-

*) s. den 4ten Theil seiner Handschriften
S. 284. und 285.
**) s. am angeführten Orte S. 291.

taufend Bücher, Briefe und Acten nach=
schlagen zu können, welches niemand bef=
fer zu thun weiß, als der Verfaſſer ſelbſt.
Einige Zeit hernach erfüllte Herr von
Rusdorf was er hier verſprochen hat=
te, denn er gab nicht allein ſein Mani=
feſt heraus oder Deductionem Serenif-
fimi Principis ac Domini CAROLI. LU-
DOVICI, Comitis Palatini Rheni ad
Sac. Rom. Caeſ. Majeſtatem continens
jus ſucceſſionis in Electoratum &c. ſon=
dern auch einige Zeit hernach ſeine vin-
dicias Palatinas oder Aſſertionem et Deductionem juris inviolabilis ſucceſſionis
Ser. et celſiſſ. Principis CAROLI LU-
DOVICI in Electoratum et Comitatum
Palatinum 1640. *)

In

*) ſ. Rusdorfs Confilia & negotia pu-
blica cura *Loenii* zweyter Theil S. 188.
206. Placcius gedenket dieſer zwey
Schriften gleichfalls §. 971. de ſcri-
ptoribus juris, S. 230. und in ſeinem
Theatro Pſeudonimorum §. 1362. S.
360. 361. Er macht auch daſelbſt
Rusdorfen zum Verfaſſer des Tra=
ctats

In seinen 1637. von Londen an den Canzler Camerarius und den Pfälzischen Rath Herrn Mauritius geschriebenen Briefen, sieht man, daß ihm die Aus-

etats: *De ratione statu in Imperio R. Germ.* unter dem Namen, *Hyppolitus a Lapide,* er sagt: „ *Rusdorfius* zelo ex „ Domini sui miseria sibi excitato cor- „ reptus invidiosum hoc in Austria- „ cum Domum, scriptum exaravit. Et „ sane in hunc quadrat illud, quod ipse „ de se testatur autor, in opere nimi- „ rum se non stilo solo, sed etiam in „ pilo, Domum Austriacum oppugnasse. „ Castra enim primis juventutis suae an- „ nis secutus *Rusdorfius* aulae deinde se „ mancipavit. " Allein wir haben schon gezeigt, daß Ruedorf niemals Kriegs-Dienste gethan, eben so wenig ist er auch Verfasser des *Hypp. a Lapide.* Herr Placcius bemerkt es selbst am angeführten Orte S. 362. indem er sich auf den ehemahligen Upsalischen Professor Joh. Henr. Boecler beruft, der da bezeugt, daß Joachim Transee dessen Urenkel noch in Schwaben lebt, der wahre Verfasser dieser Streit-Schrift seye.

Ausgabe dieser Schriften in Englischer,
Deutscher, Lateinischer und Französischer Sprache, sehr am Herzen lag, obgleich der junge Churfürst sich wenig darum bekümmerte, und an statt einer Vergeltung, er sich den Haß derer zuzog,
welche die darin vorgebrachten Wahrheiten nur mit Ungedult ertrugen. Er
hatte auch das Jahr nach seiner Ankunft
in der Pfalz nicht allein den Gram, daß
er sich, aus Furcht, in die Hände der
Kayserlichen zu fallen, mit dem Leichnam
seines Königs in das Französische Gebie-
te begeben mußte *); sondern er mußte
auch gegen seine Neider und Feinde in
Engel=

seye. Er habe selbst den Entwurf davon bey Transeen gesehen, der es auf
Befehl des Großcanzlers Oxenstierna,
als Schwedischer Resident am Berli-
nischen Hofe, verfertigt, welcher auch
das Seinige dazu beygetragen. S. die
Merkw. der Christine 1. Theil S. 314.
und im Anh. 2ter Theil n. 31. S. 63.

*) S. am angeführten Orte seine Confi-
lia J. Negot. S. 134. den Brief von
Dieppe an Herrn Curtius.

Engelland und gegen andere fechten,
welche ihm ein Verbrechen daraus ma=
chen wollten, daß er auf die Art die
Pfalz verlaſſen hätte *). Ihre Be=
ſchuldigungen widerlegte er gründlich.
Beſonders aber redet er von der Undank=
barkeit, die er von Seiten derer, unter
andern aber vom Engliſchen Staats=
Secretariüs, Herrn Henrich Vane
erfahren, welche die, wegen ſeiner Ver=
ſchickung nach Wien von König Carl
dem erſten ihm verſprochene Vergeltung
zurück gehalten hatten . . . Ferner, daß
er dem Pfälziſchen Hauſe bey nahe 20.
Jahre als ein treuer Diener Dienſte gelei=
ſtet, ohne jemals den König Friederich in
ſeinem Unglück verlaſſen zu haben, wie
viele andere doch gethan hätten, die ihn
nur gefolgt wären, als alles nach
Wunſch gieng; er hätte mit ſeinem Rath
und ſeinen Dienſten in ſeinem Elend und
in den beſchwerlichſten und traurigſten
Umſtänden ihm beygeſtanden. Er hätte
ſich die mühſamſten, mißlichſten und ver=
drüß=

*) S. am angeführten Orte S. 135.

drüßlichſten Geſchäfte auftragen laſſen,
obgleich nicht alle mit einem erwünſchten
Fortgange. Mit einem Wort, wie er be-
ſchließt: Es iſt keine Art, von Gefahr,
Mühe und Arbeit geweſen, die ich nicht
ausgeſtanden und ertragen habe. Er
konnte auch in der That nicht ſagen, daß
der verſtorbene König freygebig geweſen,
deßwegen ſetzt er noch hinzu: Ich zog
den armſeeligen Zuſtand in Betrachtung
in dem er ſich befand, auſſer ſeinen Staaten, und gezwungen mit einer zahlreichen
Familie von der Freygebigkeit anderer
zu leben; ich begnügte mich mit dem wenigen, das man mir gab, das übrige
nothwendige zog ich von der Großmuth
anderer und von dem wenigen, das ich
von dem Meinigen hatte; ſo habe ich
mich bißher erhalten können, wie es ſich
vor einen Mann vom Stande ſchickt, der
weder ſich, noch ſeinem Herrn, Schande
machen will. Gegenwärtig diene ich
zwey Jahre der Königin und dem Churfürſten, mit eben der Treue, mit welcher ich ihrem Gemahl und ſeinem Vater
gedient habe, ohne eine Abſicht auf andere

dere Vergeltungen zu haben. Zweymal
habe ich alles verlohren, was mir lieb
war, und das darum allein, weil ich der
Parthey des Pfälzischen Hauses mich
angenommen hatte, und ihr folgte; das
erstemal verlohr ich meinen Bücher-
Schatz, welchen ich auf meinen Reisen
in Italien, Spanien, Engelland,
Frankreich und andern Landen, wo ich
gewesen bin, gesammlet hatte. Das
empfindlichste war mir damals, daß ich
alle meine Handschriften verlohr, an
die ich die Zeit meiner Jugend und meiner besten Jahre verwendet hatte, ohne
daß ich jemals habe erfahren können, in
wessen Hände sie gefallen sind *). Der
kleine Bücher-Vorrath, welchen ich seit
der Zeit zusammengebracht, befindet sich
bey meiner Mutter ***), allein ich fürch-
te,

*) S. am angeführten Orte S. 136,
137 : 139.

**) Aus diesem und andern Ausdrücken
kurz darauf, sieht man, daß des Herrn
von Rusdorfs Mutter im Jahr 1635.
noch lebte und sich zu Frankendal
aufhielt.

te, wenn die Kayſerlichen Frankendal
wegnehmen ſollten, ſo hat ſie das Schick=
ſal des erſtern. Die Handſchriften, wel=
che ich nach der Zeit daſelbſt und an dem
Orte meiner Verweiſung zuſammen ge=
ſchrieben habe, worin meine Rathſchläge,
Briefe und Staats=Berichte enthalten,
ſind im Haag verwahrt. Zuletzt ſchreibt
er dem Herrn Curtius von der Stadt
Dieppe zu, daß er im Gefolge des jun=
gen Churfürſten übers Meer nach Hol=
land hätte kommen wollen, allein we=
nig Tage darauf, berichtet er, als er
hätte ins Schiff ſteigen wollen, ſeye er
ins Waſſer gefallen, und bey nahe er=
trunken. Als er darauf in eine ſehr
ſchmerzliche Krankheit verfallen, habe
er zu ſeinem Glück noch einen geſchickten
Wund=Arzt gefunden, der ihn wieder
hergeſtellt habe. Er hielt ſich zu Rhe=
nen, bey der verwittweten Königin und
dem jungen Churfürſten auf, ſey aber
noch krank, und es kränke ihn nichts
mehr, als daß er die Feder nicht führen
und nur mit Mühe ſchreiben könne.

D   Zwey

Zwey Jahre hernach, schon im Anfang des Jahres 1637. befand sich Rusdorf mit seinem jungen Churfürsten zu
London; man sieht *) aus den Briefen an seinen Freund Mauritius, daß er
mit dem Betragen seines Herrn schlecht
zufrieden war; Er rechnet es zu dem Unglück des Pfälzischen Hauses, daß dessen Regenten meistentheils heilsame
Rathschläge verwürfen und sich mehr
nach bösen richteten. Wenn diese Herren, sagt er, in dem Alter worinn sie
sind, nicht bald das wollüstige Leben
verlassen, welches sie führen, und sich
in dem Gefilde des Mars zeigen, so
werden sie bey der Nachkommenschaft
nur das traurige Andenken hinterlassen,
daß sie weibische Prinzen und Herrn ohne Muth und Entschliessung gewesen seyn.
Er fügt hinzu, sollten sie nicht nach dem
Beyspiel anderer Fürsten, unter den
Französischen oder Schwedischen Trup-
pen Dienste nehmen; sie würden daselbst

*) f. am angef. Orte. S. 184. 185.

selbst willkommen seyn, und durch ihre
Gegenwart verhindern, daß man auf
Unkosten ihrer Würde und Lande nicht
mit dem Feinde Frieden machte. Das
würde Ihnen in der That besser anste-
hen, als daß sie in der Finsterniß leben,
sich unter dem Frauenzimmer verbergen
und in der Abhängichkeit von der Großmuth und Güte anderer ihr tägliches
Brod gleichsam bittweise äßen. Ohne
Zweifel würden der König von Engelland und andere ihnen gerne so viel geben, daß sie etliche Kompagnien auf-
richten könnten, um selbst auch der Unkosten loß zu werden, die man in diesem
Reiche zu ihrem Unterhalt anwenden
müßte. Auf ihren Degen allein, könnten sie auch noch ihre Hofnung setzen,
und auf das was sie allenfalls damit er-
oberten, weil ihnen alles das Ihrige
weggenommen worden. Es macht auch
allezeit einem Prinzen mehr Ehre, wenn
er an der Spitze einer Schwadron oder
eines Regiments steht, und unter der
Anführung groser Feldherrn die Kriegs-

Kunst

Kunst erlernt, als wenn er mit etlichen
Freunden und Bedienten sich in ein Zim-
mer verbirgt, welche ohnedem gemeinig-
lich Werkzeuge des Müßigganges und
der Nachläßigkeit sind. Rusdorf führt
das folgendergestalt aus: ich unterlasse
es nicht dem Churfürsten und allen denen, welche meinen Sorgen anvertrau-
et sind, dieses vorzustellen. Unglück-
lich müsse es denen ergehen, welche
durch ihre Schmeicheleyen und Liebko-
sungen die gute Anlage junger Prinzen verderben! Er hatte Ursache zu
neuen Klagen, welchen er in einem andern Schreiben an seinem Freund Mauritius ihren Lauf läßt. Er entdeckte,
sagt er, *) daß diese Prinzen zusehens
die Liebe, Achtung und Gewogenheit
des Königs und der Nation verlöhren,
welche man ihnen bey ihrer Ankunft
in London erzeigt hätte. Und je län-
ger sie auf dieser wollüstigen Insul blie-
ben,
　
*) s. an angef. Orte im Mattio 1637.
pag. 190. &c.

ben, desto mehr würden sie ihr Ansehen
verliehren und zuletzt vom Pöbel selbst
verachtet werden, der sich an ihrem frey-
en Leben ärgerte. Daraus können sie,
spricht er, schliessen mein lieber Mauritius, in welchem Ansehen wir Räthe
stehen, wenn unsere Prinzen selbst so
verachtet sind. Für mich wird es also
wohl am besten gethan seyn, wenn ich
mich irgend wohin begebe, wo ich dem
Vaterland mehr nutzen, und mit Ehre
leben kan. Um destomehr hätte ich
Lust dazu, da ich bemerke, daß ich bey
dem Prinzen nichts geachtet bin, weil
ich dem Hofschranzen und Fuchsschwän-
zer nicht spielen kan, das scheltens-
würdige nicht lobe und zu Unterhal-
tung seiner Lüste keinen Vorschub lei-
ste. Denn an statt dessen vermahne ich
ihn täglich zur Ausübung der Tugend,
und dessen was seine Geburth erfordert,
daß er zu Felde gehen und versuchen
sollte, ob er seine verlohrne Staaten
wieder erwerben könnte. O, ruft er
aus, wie kränkt es mich, daß ich dem

Prin-

Prinzen die Reise nach Engelland an-
gerathen habe! Wollte der Himmel, er
wäre niemals dahin gekommen! Jetzt
ist er so von seinen Lüsten bezaubert, daß
man ihn nicht mehr aus diesem Unrath
ziehen kan. Ich gab ihm freylich den
Rath, er sollte zum Könige seinem Oheim
gehen, und ihn seine Aufwartung machen; allein, Sie wissen auch, daß ich
ihm sagte, wie er sich daselbst auffüh-
ren, und daß er nach einem schon so lan-
gen Aufenthalt über die bestimmte Zeit
daß einem Reisenden kein Einwohner
des Königreichs werden und nichts thun
möchte, das seinem Range unanständig
wäre. Der Herr von Rusdorf führt
alles dieß noch weiter aus, in einem
dritten Briefe an den Herrn Mauritius, und in drey andern Schreiben an
den Canzler Camerarius, Schwedischen
Gesandten im Haag, *) er bittet besonders diesen, dem jungen Churfürsten
                                      jetzt

_____

s. am angef. Orte pag. 198. und 199.
item pag. 200 : 206.

jetzt so wie vorhin mit seinem guten Rath
beyzustehen, weil er befürchtete, daß dieser sich ohne denselben von jungen Leuten in Irrgänge möchte führen lassen,
aus welchen ihn niemand retten könnte.

Indessen ist hier eine andere Stelle,
welche den Herrn von Rusdorf und
seinen Fürsten betrift, und ich kan sie,
doch nun auf die Treue und den Glauben ihres Urhebers nicht vorbeygehen *).
Rusdorf, sagt er, welchem Carl Ludwig auf der Zusammenkunft in Hamburg die Beobachtung seiner Vortheile
aufgetragen hatte, that, als er sahe, daß
die Bundsgenossen mit den Englischen
Gesandten nichts beschliessen würden,
denen Schweden einen Vorschlag mit
seinem Herrn einem besondern Vertrag
zu schliesen, wozu er die Artickel machte.
Allein man erstaunte als man einen Prin-

D 4   zen

*) Der P. Bougeant in der Hiſtoire
de guerre & de Traité de Weſtpha-
lie 1. T. S. 334. und 335. beym
Jahre 1639.

zen der alle des Seinigen beraubt, dem
es an allen fehlte, den sein Schicksal
zwang Fremde um Hülfe zu ersuchen,
den Stolz und das Wesen eines mäch=
tigen Monarchen annehmen sahe. Ue=
berall wollte er Schweden gleich seyn,
er wollte die Ehre und Vortheile mit
demselbigen theilen, diesen Hochmuth
behielt er auch in seiner ganzen Auf=
führung bey. Als er in Hamburg
war, wollte er dem Grafen von Aveaux
und dem Salvius keinen Besuch geben.
Er wollte nicht einmal ihre Besuche an=
nehmen, weil er nicht wüßte, wie weit
er gehen dürfte, um sie zu bewillkom=
men, noch ob er ihnen bey sich die
rechte Hand geben sollte? In den Brie=
fen an den König von Frankreich be=
diente er sich nur des Tituls Dignité Rojale, indem er den von Majesté nicht ge=
brauchen wollte, ob er gleich wohl wuß=
te, daß andere Churfürsten das letztere
thaten, *) und daß sein Vater Frie=
derich

*) Man bemerkt indeß in den meisten
   Schreiben der Churfürsten und alten
   Häu=

derich aus Engelland an Ludwig den-
dreyzehenden nicht anders geschrieben
hatte. Jedoch man schickte ihm auch
seine Briefe vom Französischen Hofe
wieder, wie es dem Churfürsten von
Sachsen um eben der Ursache willen
wiederfahren war. Diese äusserste Vorsorge im Unglück und in der Niedrig-
keit selbst ausserordentliche Vorzüge eif-
rig zu begehren, schien hier jedermann zur
Unzeit angebracht zu seyn, und wenn
die Engelländer ihm solche einflößten,
so hätten sie ihn auch in den Stand
setzen sollen, seine Würde mit mehr
Glanze zu behaupten. Dieser Stolz
des Pfälzischen Prinzen und vornehmlich das wenige Zutrauen welches man
auf die Hülfe setzte, die er von Engelland erwartete, verursachte auch, daß

D 5   seine

Häuser in Deütschland, daß sie sich des
Ausdrucks Dignité Rojale anstatt Majesté bedienten. Hernach hat der Stilus
Curiae oder die Schreibart der Höfe
sich hierinn wie in andern Fällen sehr
geändert.

feine ganze Unterhandlung zu Waſſer
wurde. ⹀ ⹀ ⹀ ⹀ Man bemerkt hierbey,
wenn hier alles mit der Art betrieben
worden iſt, ſo muß man bekennen,
daß bey dem Verfahren des Churfürſten und ſeines Raths ſich wenig Klug-
heit ſpüren ließ. Die vorige Zeit war
auch nicht mehr da, und es würde beſſer
geweſen ſeyn, wenn ſie ſich unbekannt
an dem Orte ihres Aufenthalts gehalten
hätten.

Nach der Zeit vom Jahr 1639. habe ich nichts geſchriebenes noch gedruck-
tes gefunden, welches das Leben unſers
Rusdorfs beträfe. Er ſtarb ein Jahr
hernach. Ehe ich aber an dieſe letzte
Epoche komme, will ich mit wenigem
die Werke und Abhandlungen bezeichnen,
welche von ihm herausgekommen ſind.
Dahin ziehe ich:

Oratio gratulatoria in Reditum ex Bri-
tannia FRIDERICI Vti Electoris
Palat. & ELISABETHÆ Regis
Britanniæ filiæ.

Epigrammata, Deductio & Vindiciæ
von welchen er oben geſagt hat.

Rus-

Rusdorf versichert in seinem Briefe an den Caspar Barthius, daß er
ein sehr starkes Register über die Politic
des Justus Lipsius herausgegeben habe, welches er in seiner Jugend verferti-
get hätte. Er bekennet sich auch als den
Verfasser eines Buches, Facis historicæ
compendium, welches er aus den Werken des Lipsius selbst gezogen, und unter dem Namen Anastasii de Valle quietis, welches seinen deutschen Namen
Rus = oder Ruhs = dorf anzeigt, bekannt gemacht habe. Zu denen nach seinem Tode herausgegebnen Werken zählt
man einen Theil seiner Briefe und Rechts-
Belehrungen in der Historia Reforma-
tionis Palatinæ durch Altingium, in
Miegii und Nebelii

Monumentis pietatis literaria Virorum
illustrium verschiedene Briefe an
den Canzler Camerarius S. 244-
410. in Hahnii collectionibus
monumentorum Veterum & recen-
tiorum (T. I. p. 875-1048. und
T. II. p. 777. &c.

Ein

Ein groser Theil von allem befindet sich hernach, und zwar viel richtiger ein-gerückt in der Ausgabe der Consiliorum negotiorum publicorum Joh. Joach. Rus-dorfii, welche der Herr von Loen 1725. zu Frankfurth in folio besorgt hat.

Man hat ohne Zweifel noch eine grose Anzahl Briefe und andere Schrif-ten von einem so arbeitsamen und würk-samen Manne, als er war, welche noch nicht ans Licht gekommen. Herr Mieg giebt auch das in der Vorrede seiner monumentorum zu verstehen *). Allein, von allen Handschriften welche uns von ihm übrig geblieben sind, läst sich nichts mit denen vergleichen, welche sich in der Bibliothec eines der größten Häuser in Deutschland befinden. Sie bestehen aus

---

*) Aus einem Briefe des Herrn Professor Mieg, des andern Sohn der von Hei-t lberg an den Herrn Professor Jber geschrieben ist, siehet man daß diese Fami-lie im Besitz mehrerer Rusdorfischer Handschriften ist. Der Inhalt dersel-ben ist aber nicht angezeigt.

aus vier in Folio sehr wohl zusammen
geschriebenen Bänden. Besonders haben dieselbige nichts mit dem gemein,
was bißher von ihm unter seinem Namen herausgekommen ist. Wenn wir
vom Inhalt derselben, der aus denen
von ihm als öffentlichen Gesandten ab-
geschickten Berichte, von seinen Geschäf-
ten aus seinem Brief-Wechsel mit Königen
Fürsten, Staats-Ministern und andern
Leuten vom Stande, aus denen besonders an den Groß-Canzler Oxenstierna,
welche in einen starken Band, allein
den vierdten Theil derselben ausmachen,
zusammen gesetzt ist, nur wenig sagen
wollen; so getrauen wir uns zu ver-
sichern, daß man in dieser Art wenig
so gründliche und unterrichtende Schriften hat, die in Absicht auf den Zeit-
Punct den sie begreifen mit ihnen ver-
glichen, noch weniger aber ihnen vor-
gezogen werden können. In ihrer
Vergleichung mit andern wird man
auch leicht finden, daß keines, derer
von Staats-Männern bißher herausge-
gebenen Werke, in so weit sie bekannt
sind,

sind, uns die Trieb-Federn eines jeden
in die grossen Begebenheiten seiner Zeit
verwickelten Hofes so genau und gewiß
entdecke, als es die Schriften unsers
Rusdorfs und besonders diese thun.
In der Absicht können sie auch zum
Schlüssel der meisten Staats-und po-
litischen Geschäfte dienen, welche damals
an den vornehmsten Europäischen Höfen
auf dem Tapet waren. Denn Rusdorf nahm an den Vorfällen, nicht den
blossen Antheil eines Zuschauers oder
eines solchen, der sie durch mündliche
Nachrichten oder Hörensagen vernom-
men hatte: sondern er führte sie meistentheils selbst, oder mit andern Ministern
der verwickelten Höfe. Und in der Beschaffenheit gab er die Nachrichten und
Gutachten, welche man von-und über
alle die wichtigen Sachen die den Vor-
wurf ihrer Berathschlagungen ausmach-
ten, von ihm forderte.

Wir werden hier den Titul dieser
vier Bände in Folio, so wie ihn Herr v.
Rusdorf selbst gemacht hat, mittheilen.

Der

Der erſte Band von 801. Seiten
hat folgende Aufſchrift:

Lettres, Advis & Memoires
és affaires d'etat
du Sieur

JOACHIM de RUSDORF
gentilhomme Allemand écrits
en françois
au
Sereniſſime Prince

FREDERIC
Roi de Bohéme, Comte Palatin
Electeur de St. Empire.

ANTONIO PERES
en ſus Relaçiones:

Buenos Conſejeros conſervaçion de
Reynos y de Royes.　Porque eſtos
ſirven à los Reyes como de
ojos y de intendimento.

Anno MDCXXIX.

Der

Der Titul des zweyten Bandes von
839. Seiten ist dieser:

JOACHIMI RUSDORFII
Nobilis Germani
LITTERÆ
de
REPUBLICA
ad

Diverſos Reges, Principes, illuſtres Viros,
Oratores, Conſiliarios, aliosque dignita-
tibus & officiis publicis conſpicuos,
& ad amicos ſcriptæ:

in quibus

Totius fere Europæ ſtatus
ſecundum temporum formas & mutatio-
nes ingenua orationis libertate, de-
ſcribitur & exprimitur.

PHOCYLIDES
Μηθ᾽ ἕτερον κεύθησ χρεθίν νόον αλλ᾽
ἀγορευων
Μηθ᾽ ιοσ πετροφυῆσ πολύπεσ κάτα
χωεαν ἀμείβε

Neque aliam occulta in corde ſententiam
aliam effare. Neque ut Saxis adhærens
Polypus pro loco muteris.

Anno MDCXXX.

Der

Der dritte Band von 533. Seiten
begreift in sich:

JOACHIMI RUSDORFII
Nobilis Germani

LITTERÆ
de

REPUBLICA

ad
Illustrissimum Virum

Axelium Oxensternium

Cancellarium Sueciæ
in quibus
Diversorum Regum Principum &
Rerum Publicarum Status
Consilia, Actiones, Arcana, Regimis for-
mæ, Virtutes & vitia secundum temporum
conditiones & varietates, libera & nihil
reticente Sermonis ingenuitate no-
tantur & repræsentantur.

Menander apud Stobæum Tit. XI.
„ Αει κράτιστόν ἐςι τ'αληϑῆ λέγειν
„ Εν παντὶ χαιρῶ.
In re omni conducibile est quovis tempore
Verum proloquies.

Anno MDCXXX.

E   Der

Der vierdte Band von 709. Seiten ist also betitelt:

JOANNIS JOACHIMI RUSDORFII
Nobilis Germani

FARRAGO

exhibens
Diverfas
de

REPUBLICA

Literas Legationes & Relationes,

quæ
in fequenti pagella enumerantur *).

Symmachus Lib. IV. p. 7.
Summis imperii Moderatoribus pia &
decora fuadentes, inftrumenta funt
boni fæculi.

Item ibidem:

Optimos Gubernatores haud medio-
criter etiam remigum manus juvat.

Anno clɔ lɔ c xxxiv.

Sonft

*) Man findet dafelbft keine Erwähnung
derfelben gethan.

Sonst läßt sich noch als etwas merk-
würdiges von diesen Rusdorfischen
Handschriften anmerken. Der zweyte
Band welcher seine Briefe, an Könige,
Fürsten, andere berühmte Leute und gelehrte Männer enthält, war beynahe
vierzig Jahre in den Händen eines gewissen Christoph Ernst Obernheimer
Archi-Palatinus wie er sich nennt. Die
Schwester des seel. Rusdorfs, wie er im
Jahr 1679. an Carl Ludwig von der
Pfalz schreibt, hatte ihn nach dem Tode
ihres Bruders ihm geschenkt. Obernheimer bewahrte denselbigen die ganze
Zeit als einen kostbaren Schatz auf,
als er aber sehr alt war, glaubte er, daß
dieses Stück wohl einen Platz auf der
Churfürstlichen Bibliotheck verdiene. In
seiner Zuschrift an den Churfürsten, ruft
er unter andern seine Gnade und seinen
Schutz an, wie seine Worte sind, so
wie ehemals Mardochai den Ahas-
verus gegen die ungerechten Unter-
druckungen Hamans. Auf diese Art
sind alle diese Bände von Handschriften
zusammen-gekommen, welche bey Er-

mangelung dieſes zweyten, ſehr unvoll-
kommen würden geblieben ſeyn, wenn
man die Uebereinſtimmung der darinn
vorkommenden Vorwürfe und Materien
in Betrachtung zieht.

Wir haben alſo den beſtmöglichſten
Gebrauch von denen durch uns geſamm-
leten Merkwürdigkeiten und Unterhandlungen des Herrn von Rusdorfs gemacht. Indeſſen kan es noch unter denſelben Briefe und Stücke dieſes Schrift-
ſtellers geben, welche eben ſo wohl das
Tages-Licht beſonders verdienten. Ich
beziehe mich hier unter andern auf ge-
wiſſe kleine Abhandlungen, die er in
müßigen Stunden in der Geſtalt von
Briefen, an ſeine Freunde geſchrieben,
z. E. im erſten Band von S. 554-559.
ſpricht er, vom menſchlichen Elend,
von des Menſchen Tode, und der Ei-
telkeit des Leichen-Prachts bey der
Beerdigung der Fürſten und hoher
Standes-Perſonen.

Im zweyten Bande S. 582-585.
giebt Herr von Rusdorf eine gelehrte

Ab-

Abhandlung vom Wallfischfang, wo
er anführt, was die Alten von diesen
See-Ungeheuern sagen. In eben demselbigen S. 811-817. erzählt er seinen
Bruder George Philipp Rußdorf
die Annehmlichkeiten der Weinlese
schriftlich, so wie er im vorhergehenden
Jahre S. 818-822. ihm die Früh-
lings-Vergnügungen sehr weitläuf-
tig beschrieben hatte.

Am Ende des dritten Bandes, befindet sich eine Rede von ihm unter dem
Titul: Suasoria Matrimonii, ob er gleich
niemals selbst den Enschluß gefasset, sich
zu verheyrathen.

Im vierdten Bande S. 101-116.
ist unter andern der Panegyricus befindlich, welchen er auf den Tod Gustav
Adolphs Königs von Schweden ver-
fertiget hat. Er ist im Anhang der
Merkwürdigkeiten der Königin Christine von Schweden eingerückt.

Mit solchen und andern dergleichen
Vorwürfen, welche man auch jetzt noch
mit Vergnügen lesen würde, sind die

E 3　　　　Hand-

Handschriften **Rusdorfs** hin und wieder durchstreuet. Allein, da ich seine
Merkwürdigkeiten verkürzen wollte, habe ich mein Augenmerk insonderheit darauf gerichtet, durch eine zusammenhan-
gende Erzählung dem Leser die wichtigen
Geschäfte zu erklären, die zu der Zeit
im Cabinet der meisten Europäischen
Fürsten auf dem Tapet waren, welche
Rusdorf mit so vieler Treue geführt,
und mit der Freymüthigkeit eines ehr-
lichen Manns erzählt hat. Ich bin also veranlasset, beynahe die andern angenehmen Dinge, alle mit Stillschweigen
vorüber zu gehen, welche sich in seiner
Sammlung zwar befinden, allein keine
so eigentliche Beziehung auf meine Absicht haben.

Mit dem Ruhme eines grossen Mi-
nisters eines gelehrten und redlichen Mannes, starb er im Haag im ein und funf-
zigsten Jahr seines Lebens. Es beklag-
ten ihn alle welche seine seltene Verdienste kannten, und welche ihn eines bessern
Schicksals werth achteten, besonders
aber einer sanfterern Begegnung in seinen

nen letzten Jahren, von denenjenigen
vornehmlich, welchen er sein Vermögen,
seine Tage und Nächte, ja alles was ihm
auf der Welt am liebsten war, aufge-
opfert hatte. Die ehrenvolle Grabschrift
welche ihm nach seinem Tode gesetzt worden, befindet sich in der grossen Kirche
der Stadt wo er starb. Wenn man ins
Chor tritt, sieht man sie zur rechten Hand
der Mauer, gegen dem fünften Pfeiler
über, auf einem 8. biß 9. Füß hohen
schwarzen Marmor. Die ganz genaue
Abschrift derselbigen danke ich der Bemühung des Herrn Baron von Creutz,
ausserordentlich Königlich-Schwedischen
Gesandten bey den Herrn General-
Staaten, und der Vorsorge des Herrn
Professor Jber zu Hanau. Man theilt
sie hier nach ihrem ganzen Innhalt mit:

JOHAN. JOACHIMUS a RUSDORF
Archipalatinæ Domus
Consiliarius intimus
Generis nobilitate, Vitæ integritate,
Eruditionis singularis laude celebris,

Le-

Legationibus ad Reges & Principes clarus,
Rerum politicarum ac juridicarum notitia,
Nobilium sui temporis nulli secundus,
Religionis orthodoxæ cultor,
Caufæ Palatinæ Affertor. *)

Piam animam Deo creatori reddidit,
Corporis exuvias hic loci depofuit
In beata refurrectione refumendas.
Natus Aurbachii XXVI. Octobris
Anno MDLXXXIX.
Denatus Hagæ Comitum XXVII. Aug.
Anno MDCXL.
Memento.

Beyla:

*) Ein und andere Abschriften haben an
statt Assertor, Assessor. Es ist offen-
bar ein Versehen des Steinhauers.
Man findet dergleichen mehrere, selbst
in den alten Aufschriften.

Beylagen (Littera A. *)

Nobiliſſimo & ampliſſimo Viro,

JOHANNI GEORGIO de GRUËN,

Judicii Imperialis, quod eſt *Spiræ,*
Aſſeſſori & Conſiliario.

Petiiſti a me, Nobiliſſime Vir, ut tibi brevem hiſtoriam mei itineris in *Bohemiam*, nunc miſere bellorum ci-
vilium incendio inflammatam, contexerem; id nunc effeꞓum dabo, ſed ex-
penſe & calamo perfunꞓorio: nihil enim
eſt, quod dignum ſit obſervatu & cogni-
tione.

*Sunt apinæ tricæque, & ſi quid vi-
lius iſtis*

igitur quicquid in buccam venerit, ſcri-
bam, et cartæ illinam.

E 5   XII.

XII. Kall. Octobris anni præteriti CIƆIƆXVII. *Heidelbergæ* cum FRIDERICO Electore *Palatino*, qui ad conventum Principum confœderatorum *Rotenburgi* ad *Tuberam* celebrandum se contulerat, discessi: primo die MOSBACHIUM quatuor milliaribus Germanicis in declivi valle ad *Nicri* ripam sitam, olim Comitum *Palatinorum* antiquam sedem delati sumus: altero BOXBERGAM, juris Palatini oppidum, sola antiquitate & Templariorum hospitio, qui illud diutissime tenuerunt, celebre, collibus viniferis undiquaque cinctum. Vina, quæ ibi generantur, cibaria sunt, & ætatem vix ferunt, non quidem potu aspera, nisi cum annus fuerit inclementior; amantur bibi in intensa & adulta æstate. Tertio die *Rotenburgum*, Imperialem *Franconiæ* civitatem, amœnissimo in colle sitam, quam adhuc altiores circumclaudunt, flumine ab una parte, quod *Tuberam* incolæ nominant, præterlabente venimus. Conventu isto intra spatium octidui finito, profectionem meam prosecutus sum. Primo Onolspachium veni, sedem Marchionis JOACHIMI ERNESTI Brandenburgici. Urbs non admodum ampla, sed amœna est, in plano campo sita, filvis & nemoribus circumcincta, & ob id venationibus incluta.

cluta. ⟨Arcem habet satis magnificam, si
consideras tum ea, quæ recenter exstru-
cta sunt, tum quæ incepta exstrui. Hor-,
tus adjacet amœnissimus, in cujus medi-,
tullio ædes sunt pulcherrimæ, ad delicias æstivas comparatæ. Visitur in arce
hippodromum, seu decursorium, raræ
amplissitudinis, in, quo nobiliores⟨equi
viva magnitudine, artificio insigni, depicti sunt. Quarto Non. Octobr. Onols-
pachio discessimus & ad nobile illud &
famosum cœnobium *Heilsbrunnam,* ubi
Marchionum sepulturæ videntur, devenimus. Si quicquam in illo *Franco-*
niæ fractu visu dignum est, hoc cœnobium esse reor, propter venerandam an-
tiquitatem, & tot inclutorum Principum monimenta seu conditoria. Inter
alia cranium ibi ALBERTI Marchionis
Brandenburgici (cui cognomentum erat
ACHILLIS Germanici) sine suturis ex so-
lido osse constans conspicitur, quale fuit
illud, quod in pugnas apud PLATAEAM in-
ventum esse scribit HERODOTUS nullam su-
turam habens, sed ex uno osse solidum,
Alberti quoque femur insolitæ magnitu-
dinis, unde conjecturari potest hominis
statura admodum procera & robusta; in
eo signum apparet accepti ictus in ludis
TROJANIS, quibus eum mirum in modum

dum præcelluiffe hiftoræ exhibent , ita
ut octodecim homines' armatos fellis &
equis uno die ∶ dejecerit.   O ⸱ virum
ζύχειρα δεξιόγηον ⸱άριου]' αλκαν⸱ præftan-
tem manibus, dexterum membris, fpe-
ctantem fortitudinem, ut cum PINDARO
dicam vel cum HOMERO

:   'Αγριον 'αιχμητην, κρατερον μησωρα
φόβοω.

Ferocem bellatorem , acrem magi-
ftrum fugæ.

Dehinc *Norimbergam*, urbem in. Sabu-
lofo quidem territorio fitam, fed omnium
totius *Germanicæ* pulcherrimam, unifor-
mitate etiam ftructuræ & venuftate domorum *Antverpiæ* in *Flandria* præferen-
dam.   Hæc quidem propter fluvium
Scalden navigerum felicior, amœnior &
commodior, in primis xyftis, periftyliis
& ambulacris fplendidis fuperbior eft:
illa vero copia pulcherrimarum ædium
in ordinem confimili exemplo & forma
conftructarum decore & nitore platea-
rum pavimentique & aliis tam publicis
quam privatis ornamentis cultior & po-
litior, induftria etiam hominum & arti-
ficum fcientia nobilior eft.·   Illinc iter
conftitui AMBERGAM, metropolin Palatinatus Superioris, ubi Princeps CHRISTIA-
NUS Anhaltinus provinciæ procuratio-
nem

nem cum imperio obtinet & nomine Electoris Palatini.

> *Per populos dat jura viamque affe-*
> *ctat Olympo.*

Menfe demum Novembris, confectis
privatis meis negotiis ad obfidionem urbis *Pilsnæ* in *Bohemia* ipnato hominibus
curiofitatis vitio profectus fum. Comes
MANSFELDIUS, qui expeditioni ifti cum
imperio præerat, & rem bellicam admi-
niftrabat, humaniffime me excepit, omnia-
que Comitatis officia teftatus eft. Dili-
genter autem notavi obfidionis & oppu-
gnationis modum & formam, caftrorum
metaturam, difpofitionem tentoriorum,
ordinem contubernalium, vallum, foffas, aggeres, vineas, nec minus curiofe
Ducum & Centurionum officia obferva-
vi, quomodo excubias conftituebant,
deducebantque, ut mœnia urbis appro-
pinquabant, machinas tormentarias di-
fponebant, cuniculos agebant, ubi muros commodiffime quati, hoftibus com-
meatum & auxilia intercludi, urbem in-
vadi, flumen pervadari, & ejus impe-
tum frangi vel diverti debere confultum
judicabant. Caftra duobus circiter paf-
fuum millibus ab urbe in edita planitie
ad portam, quæ vocatur, Norinbergi-
ca, locata erant, tormentorum difplofio-
nes

nes tentoriis nihil quicquam nocere poterant, urbe in depreffiori loco, præfertim ubi caftra defpeƈtabat, adfita.
Comes MANSFELDIUS aliquoties ad dedi-
tionem obfeffos, fed in caffum invitarat,
tandem omni conatu & viribus aggredi
oppidum ftatuit. Illud undique circum-
federat vallo ad ipfa mœnia & tam probe
perduƈto, ut utrinque colloquendi fa-
cultas erat. In fuburbii ruderibus (quod
obfeffi paucis ante feptimanis exufferant
commodius, & diutius tolerandæ obfidionis caufa) militum oppugnantium aliquot cohortes locavit, & ad mœnia hinc
inde pilatim ita difpofuit, ut nemo fe in
muris aut ædibus vel minimum monftra-
re auderet fine difcrimine vitæ. Nam
Selopetarii confeftim in eum intonabant,
idem faciebant quoque obfeffi, qui mirabili folertia in oppugnatores, fi quem
extra vallum & foffas efferre caput vide-
rant, collimarunt. Habebant hi Selo-
petos oblongiores, qualium ufus in fe-
ras effe folet, fed tubulis feu foramini-
bus exiguis, e quibus glandes feu pilas
plumbeas vel etiam e filo ferreo compo-
fitas minutiffimas infuper lardo ædipatas
& venenatas, ob id penetrabiles & lethal-
les fine fonitu & bombo emittébant.
Cum quodam mane MANSFELDIUS pro
more

more suo foffas obiret , ictu Sclopeti ex
urbe miffo chirothecæ ei e manibus ex-
cutiuntur: nam dextera illas tenebat &
altius attollebat, ita ut extra vallum paullulum confpici poterant: obftupefceba-
mus omnes, qui aderamus, eum læfum
arbitrati; fed ille nihil mutatus leviter ar-
rifit,

> *Haud alio vultu quam fi conviva ja-*
> *ceret*
> *Inter plena meri redimitus pocula*
> *fertis.*

III. Idus Novembr. urbs corona inva-
di incepta fuit: inter Portam Pragenfem
& ædem Sancti Francifci (quam nudi-
pedum monacharum templum vulgo
vocant) muri tormentis æneis perfoffi
& dejecti faciliorem irruptionem faciebant. Miles rivum moenia labentem cer-
tatim vado tranfiens & obvios fternens,
domum, quam vetus balneum vocarunt,
fubito impetu fuperavit: interea magno
conatu machinæ tormentoriæ fulmina-
bant, & repugnatores, ne militi trans-
vadenti nocere poffent, impediebant.
Eodem momento alio in loco prope
ædem Francifcanam, ubi muri quoque
perforati erant, urbs incendebatur. Ante portam Pragenfem ut & Litticenfem
idem factitatum fuit: ita ut in quatuor
diver-

diverfis locis impeteretur. Poftquam
oppugnati viderent muros confcenfos,
& urbem aliquot in locis invafam & oc-
cupatam , velatis manibus veniam orant
(ut hæc dicam Plautinis verbis , quæ in
mentem veniunt) deduntque fe divina
& humana omnia, & urbem ac liberos.
In fignum deditionis FERDINANDUS, HOFF-
MANNUS REZIUS , egregius juvenis, qui
poft mortem cognati fui FELICIS DORN-
HANI REZII, paucis ante diebus occifi,
rem militarem in oppido adminiftrave-
rat, vexillum MANSFELDIO tradidit, quod
tamen ftatim recepit, quia in illa obfi-
dione fe ftrenuum & magnanimum præ-
buerat. Εστι τοι γενναίȣ και φιλοσοφȣ
ψυχῆς, μηδὶ πολεμίων ἀρέτην ἀτεμάζειν,
καὶ πλεῖον νεμειν ἐχθρῶν γενναιότητι, ἢ
κακία τῶν οικειοτάτων καὶ μαλακία: (Eft
quippe generofi & Sapientis animi , ne
hoftium quidem fortunam contemnere,
verum hoftium virtuti plus tribuere,
quam fuorum familiarium ignaviæ & la-
bori.) Hoc facto, miles, qui in oppido ftipendia meruerat, complicatis ve-
xillis, Sclopetis inverfis, fine tympano-
rum complofione, & fiftularum cantu,
cum farcinis tamen & vafis egredieba-
tur: cæteri, qui inquilini milites erant,
gladiis & armis ademtis cum albis in manibus

nibus bacillis excedere coacti fuerunt.
Post egressi sunt equites sub ductu PE-
TRI PESSINI Baronis Bohemi. At ego
diutius in *Bohemia* & *Pilsniæ* non com-
moratus, negotiis vocantibus in *Bava-
riam* ad amicos visendos iter institui.
Dum ibi circumvagor, cometam illum
grandem minacem cauda in scopas por-
recta III. Non. Decembr. circa meridiem noctis primum videre mihi contigit. XIII. Kall. Januarii iterum e *Palatinatu* superiori iter in *Bohemiam* ingre-
dior & intra quatriduum *Pragam* deve-
nio, urbem totius non tantum egni,
sed *Germaniæ* universæ principem, si
amplitudinem mœniorum, pulchritudi-
nem palatiorum & domorum, quæ per
urbem diffusa, si amœnitatem situs & populorum variarumque nationum conflu-
xum spectas. Sita ea est in acclivi & spa-
tiosa amœna valle, in tres divisa partes,
quas civitates vocant: in parvam, vete-
rem & novam : parva partim in valle,
partim ad radices & dorsum montis sita est in clivi jugo; arx imperialis urbem despectans, magnifico & insano opere fabricata, magnitudine quodvis medi-
ocre oppidum superans, conspicua est,
a Rege ULADISLAO ædificata, sed per RU-
DOLPUM II, adornata & finita : Tem-
§   plum

plum ibi Cathedrale Sancti *Viti* eft, ædificium ftupendum & vere regium, opus CAROLI IV. qui in eodem, in choro virginis *Mariæ* fepultus eft. Parvam hanc *Pragam* a veteri & nova, flumen *Moldavia* disjungit; pons tamen arduo opere infignis, lapide quadrato exftructus, viginti quatuor arcubus conftans, tranfitum præbet. Ipfum flumen placidum eft, fed flexuofum, cujus alveum montes in theatri formam leviter affurgentes coercent, quos varii generis arbufta & vitesque decorant. Vetus *Praga* in plano fita eft, fuperbis & artificii labore ftructis ædificiis, tam publicis, quam privatis condecoratæ, inter quæ præcellunt Carolineum Collegium, a CAROLO IV. ædificatum, domus deinde judicialis, forum & Curia, in qua horologium, quod totius anni curfum folis & lunæ obitum & ortum, numerum menfium, dierum Calendarii & feftorum rationem, folftitiorum & eclipfium horas repræfentat. Novam *Pragam* a veteri foffæ, quæ jam repletæ & folo adæquatæ funt, dividunt; muris hæc cincta eft, ad colles Sancti CAROLI & Sanctæ *Catharinæ*, & ad *Viffegradum*, montem usque protenfis. In hoc colle *Viffegrado* olim arx ejus nominis Regum quon-

quondam sedes erat, cujus rudera adhuc apparent: ad radicem montis flumen præterfluit & adspectus in apertum campum in aliquot milliaria mirabili jucunditate patet. Sed hæc de urbis situ sufficiant, unum adhuc annectam, nimirum forum laniarium seu κρεωπώλιον aut macellum in veteri *Praga.* Illud nunquam a muscis infestatur, nec in media quidem æstate.

> - - - *quia torridus æstuat aër*
> *Incipit & ficco fervere terra cane.*

quamquam incredibilis carnium copia quotidie ibi veneat, in proximo muscæ quidem sunt, sed ad hoc macellum non advolant, imo si importantur, carnes tamen non infident, nec confpurcant: rationem hujus rei nullam aliam reddunt indigetes populi, quam quod dicant, lanium quendam ad mortem condemnatum pro redimenda vita hoc miraculum in sui memoriam posteritati & patriæ beneficii æterni loco reliquisse.

- De *Judæis* & eorum aliquibus superstitiosis ritibus, quos in hac urbe vidimus, aliquid adjungere placet. In veteri enim *Praga* magno numero, quasi integer populus effet, habitabant, domiciliis unitis, tanquam in urbecula quadam

dam feparata. Synagogás feu fcholas
plurimas habent, inter quas excellit fcho-
la *Meiffelli*, ut vocant. Ritus ridiculos
ludunt in recludendis libris *Mofis*, quos
ex arca, quæ inftar altaris eft, defumunt,
qui plus pretii obtulerit, ex iis Capitu-
lum audet alta voce prælegere. In cir-
cumcifione & matrimonii Copulatione
has obfervant ceremonias, ftatim ac in-
fans circumcidendus affertur, facerdos
manu fafciatum excipit; & arbitrum ini-
tiationis, feu fufceptorum quadam ex
tabula recitare jubet: hoc facto, cultro
acutiffimo præputium, hoc eft, pellicu-
lam, glandem penis tegentem, abfcindit,
& protinus ore admoto fanguinem de-
fluentem adfugit, & pulverem betonicæ
& vafculo inguini denudato adfpergit,
tum vinum mufteum fufceptori expocu-
lo bibendum præbet, & nefcio, quæ verba acclamat, fubito omnis cœtus ftento-
rea voce accinit & adplaudit. In ma-
trimoniis copulandis hos ritus colunt,
primum adducitur fponfus, & in medio
adftare cogitur fub dio; reliqui, qui ad-
funt, fub lingua, nefcio quæ, immur-
murant, dum hoc fit, fponfa totum caput velata adducitur cum funibus accen-
fis, & ter in orbem circumducitur; denique lateri fponfi adlocatur: tum facerdos

dos murmuribus & clamoribus cyclopi-
cis eos copulat: quo facto, in argillaceo
vasculo utrique sponso & sponsæ bibere
præbet: Sponsus, postquam evergit in
se liquorem, vasculum in terram dejicit,
& pedibus complosis confringit, ad quod
omnes abstantes altissima voce conclami-
tant & adplaudunt.   In synagogas eorum nulli fœminæ accessus patet, ne in-
tuitu earum , ut ajunt, divertantur a de-
votione ; sed ad feneftras & clathros,
quos habent, adstare possunt, & auscul-
tare: habent & illæ Scholas, ubi legunt
una alteri, & vidi atque audivi legi a fœ-
minis biblia *Germanico* idiomate, sed cha-
ractere hebraico impressa.   Sabathi die,
qui illis festus est, nullum æs aut argentum tangunt, licet offeratur & donetur.
Sed satis de istis ineptiis & deliramentis.

Dum *Pragæ* eramus, Junior Comes
de Turre, cum sponsa sua , quam per
medios hostes raptam ex *Auftria* abdu-
xit, nuptias celebravit; Pater ejus aderat,
& alii quidam a proceribus, sine omni
tamen pompa & apparatu nuptialia festa
unica cœna eaque haud opipari nec sum-
tuosa, peracta fuerunt.   In honorem
Comitis sponsi hoc epigramma suppres-
so meo nomine luseram

§ 3   „ *Hofti-*

„ *Hoftibus attonitis rapiendo Turrius*
Heros -
„ *Hardeckiam Veneris tactus ab igne*
Deam.
„ Non tantum eximium fponfæ tefta-
tus amorem eft:
„ Cuncta pericula folet fpernere ve-
rus amor
„ Sed quoque magnanimæ virtutis fi-
gna relucent
„ Hoftilem eft fortis non timuiffe
manum
„ Commune eft cunctis ab amica du-
cere terra
„ Promiffam gnatam Patre volente
domum
„ Heroum at medio fponfas ex hofte
puellas
„ Egregia in pactos vi rapuiffe to-
ros.

Celebratis his nuptiis altero ftatim die
Illuftriffimo Baroni de SMIRSIZ parentatum fuit, ritibus, ceremoniis, & modo
ut fequitur: Cadaver fplendide ornatum
& veftibus magnificis indutum, capulo
ftanneo impofitum fuit. Thorax chla-
mydula holoferica nigra cum manibus
pendulis loricatus ambibat pectus; braccæ follicantes femura & crura tegebant,
utrumque & thorax & braccæ ex vefte
Atta-

Attalica, quam vulgo pannum argenteum nominant, confutum erat: toga autem holoferica nigra, ad talos usque promissa, & argenteo textu suffulta, veftibus superinducta fuit. Corolla ex rore marino, pretiofis unionibus intermixtis, nexa capiti, ut fponfum decet, impofita erat, & torques aureus, ex quo pendebat rotunda & bipatilis tabella, in qua fponfæ *Hanovienfis* nimirum Comitis filiæ, cujus donum fuerat, effigies depicta cernebatur, collo circumfundebatur, occlufum librum ambæ manus fuftinebant: totum autem cadaver pulvillis ferico coopertis quiefcebat. Omnia, quæ in donum a fponfa ejusque matre acceperat, appofita ei, & capulo five urnæ ferali injecta fuerunt. Erat hæc ex ftanno affabre fufa & lineis deauratis æreisque anfis ad molem iftam regendam accommodatis, diftincta atque ornata, his in frontifpicio literis aureis incifis:

„ *Quieti & fecuritati facrum, Albertus*
„ *Johannes Smirfcifcius* L. Baro de
„ Smirfcife, Dominus & Poffeffor utrius-
„ que Scalæ, Dubæ, Fridftenii, Cum-
„ burgi, Zluniczi, Dymocurii, Rofen-
„ burgi, Scoreezi, Colosdiegii, Aur-
„ zensweocii, Chrecinzii, Gitzinii, Tur-
„ noviæ, Nochodii, Horzifcii, Cofte-

„ luzii ad fylvas Hercynias &c. Poft-
„ quam natus effem anno Chrifti
„ cIɔIɔxcIIII. die xvII. Decembr. vi-
„ xiffemque omnibus animi corporisque
„ ac fortunæ dotibus, annos xxIII. men-
„ fes xI. diem I. vera in *Chriftum* fiducia
„ obii,anno cIɔIɔcxvIII. diexvII. No-
„ vembr. atque in hanc urnam conditus
„ fpe refurrectionis & vitæ Cœleftis fub
„ eadem quiefco. “ Extrinfecus urna
obducta fuit & velata largo heteromallo
nigri coloris tegmine, quod crucis fignum niveum ex ferico confutum difcri-
minabat, & quatuor acu picta auro ar-
genteoque intexta infignia affixa præfe-
rebat, fub quo linteum velum fubtiliffi-
mi textus effulfit. Exequiarum jufta apparatu & pompa foluta fuerunt, in hunc
modum; V. Kall. Februarii amici undiquaque vocati Proceres, Nobiles, plebs
in defuncti palatium magnifice extructum
ad funeris folemnia peragenda convene-
rant. Funus efferebatur circa decimam
ante meridiem horam. Urnam feralem
feu tumbam viginti nobiles pullati hu-
meris per aream ambagibus ftudiofe quæ-
fitis in vicinam Sancti *Nicolai* ædem de-
portabant. Præcedebant funus trecenti
plus minus Haduchi, pullatis palliis &
epomidibus amicti, tædas incenfas, infi-
gni-

gnibus defuncti pictis singulis praefixis
bini & trini portantes. Octoginta prae-
ter propter Paftores, quorum major
pars ex demortui territoriis erat, ftola
candida lintea induti ante funus ibant.
Magnus puerorum numerus cruces viginti duas conta oblongo fufpenfas por-
tantium ex quindecim fcholis Pragenfi-
bus collectorum funeri praecinebat. Equi
duo, unus ftragulo amplo holoferico
atrato, alter panneo, cui infignia acu
picta intexta erant, toti contecti a quatuor nobilibus perducebantur. Primo
crifta volumniofa pennis candidis & ni-
gris interluminata a nobili quodam viro: tum clypeus, cui infignia Smirfifi-
cæ infculpta ab alio: dum deinde vexilla,
quibus itidem infignia appicta a duobus:
galea porro deaurata ærea ab alio; gla-
dius denique & calcaria deaurata ab aliis
duobus nobilibus funeri praeferebantur.
Pene ingens Procerum, Comitum, Baronum, nobilium, cognatorum, amicorum miniftrorumque comitatus fequeba-
tur: choro matronarum & virginum il-
luftrium, quæ a viris ducebantur, infe-
quente. Inter Proceres Legati Electoris & Comitis Hanovienfis, qui lateribus affinium claufi in medio ibant, emi-
nebant. Sororem demortui Senior *Tur-*

renſis Comes Turcica talari, more Pannorum, veſtibus & Baro *Azeczanius,* ducebant. In eductione funeris omnes campanæ per totam urbem exſonare audiebantur. Hac pompa & ritu per aream & plateas funus elatum temploque importatum in choro, ut vocant, collocatum fuit, ante ſuggeſtum. Dehinc cantilenis & e ſuperiori loco lingua *Slavonica* concione & precibus peractis, urna feralis currui, quem ſex ſtragulis & velis ex pullo heteromallo conſutis undique circumtecti equi trahebant, impoſita & precedentibus infinitis rædiferis ſcholaribus & paſtoribus præcinentibus per conſpicua urbis loca & pontem veterisque & novæ civitatis fora, ubi tanta populorum multitudo confluxerat, ut pons pondere & ædes multitudine gemerent, vecta fuit. Quadraginta quatuor currus ſex quilibet equis tractus cum aliis quadrijugis & bijugis magnaque equitum manu funus urbe excedens in arcem *Coſtoletum*, quatuor ab urbe lapidibus diſtantem comitati ſunt. Cum ventum ad arcem eſſet, totus ex oppido, cui arx iſta imminet, populus rædas incenſas portans obviam proceſſit, funus excepit, & in oppidi templum, panno nigro intus circumtenſum, deduxit. Altero die

popu-

populus & plebs funus fepulturæ man-
daturi exiverunt: illud eadem folemni-
tate ritibusque, ut in urbe factitatum
erat, obfervatis arcis templo, quod intus atrato panno totum obvelatum &
amictum fuit, intulerunt. Tumba in me-
ditullio collocabatur, & concio una in
templo, alia extra templum lingua Slavonica habebatur. Finita re divina, urna,
feralis conditorio Majorum (illud fub-
templi area fuffoffus & arcuatus fornix
eft) ubi pater, frater, patruus & alii ca-
pulis ftanneis impofita requiefcunt, illata
eft: vexilla vero & reliqua, quæ funeri
prælata erant, in templi parietibus fu-
fpenfa fuerunt. In hac parentatione trecenti & triginta fex pauperes a vertice
ad talos usque liberalitate defuncti vefti-
ti, & lugubri amictu donati funt: Centum & triginta quatuor pilei palliaque di-
ftributa, faces ultra quingentæ cereæ
coemtæ, templa tria intus atro panno
velata, quatuordecim equi toti tegumen-
tis & ftragulis funereis contecti, duocim
conclavia & triclinia in domo urbica,
omnia item fubfellia, menfæ, lecti, pe-
riftomatibus, aulæis velariis atris, cir-
cumtenfa fuerunt, ita ut omnia etiam
inanimata & fabricæ ipfæ & ædificia lu-
gere viderentur. In omnibus territoriis
&

& oppidis, quæ defuncto parebant, campanæ per unum alterumve diem pulſabantur. Cuncti, qui exequias ibant, parentalibus epulis lautis & opiparis excepti fuerunt. Scholares totum diem & totam noctem funeri adſiſtebant, & nænias mortualique, pauſa duntaxat circa noctis meridiem facta, concinebant. A funere reverſus hoc epigramma in honorem defuncti fudi, occaſione verborum, quæ moriens ſæpe repetebat, ſordet, inquit, mihi mundus.

„ Egredior mundo moriens Smircifius
　　　　　　Heros
„ Lætus ait : ſordet naribus ille
　　•　　　　　 meis:
„ Si tibi ſordeſcet, mens divis æmula,
　　　　　　mundus
„ Nil aliud cœlum, quam ſupereſſe
　　　　　 poteſt.

Nonis ·Februarii caſtra ordinum *Bohemorum*, quæ ad urbem *Budewitzum* erant, viſum ivimus, equis ad publicum curſum deſtinatis delati. Prope illam enim urbem, quæ ſedecim milliaribus Germanicis *Praga* diſtat, major pars exercitus Bohemici in hibernis degebat. Quid vidimus? Res *Bohemorum* miſerrimo in ſtatu & parum duraturo, eorum exercitus miris anguſtiis premi, morbo

florem

florem virorum abfumi, confilio & pru-
dentia pauca adminiftrari, æmulatione
& invidia Ducum rem in difcrimen ad-
duci, inprimis nova & hactenus non
audita lue militem inveftari, & inftar
mufcarum concidere animadvertimus &
confpeximus. Nam ultra quatuor millia unius menfis fpatio ifta contagione
abfumta & mortuis adfcripta fuiffe di-
cebantur. Morbus ifte valde auctus eft,
febrem aridam repræfentat, fed ea noxior
& rapidior: ex infalubri aëre & locis pro-
ximis metalliferis, eructato, & ex denfi-
tate fpiffe contubernantium militum oriri
contrahique autumant. Hoc qui corri-
piuntur, immenfos capitum dolores, ar-
gutos aurium tinnitus, acres membrorum inflammationes, ficcas incenfiones
gutturis linquæque fentire, plurimos in
agone fenfibus privari, delirium pati, gra-
vibus fomniis inquietari, omnes ferme,
qui in exercitu funt, fi non lethiferos,
faltem aliquos illius morbi exfultus ex-
periri; alios quidem refanari, alios re-
morbefcere, & iterum refurgere, plu-
res vero mori audivimus.

Bohemorum hibernis luftratis, *Pra-*
gam reverfi fumus, ubi usque ad Non.
Aprilis fubftiti; nunc *Heidelbergâ* iterum
me reducem habet. Scio te defideratu-
                                    rum,

rum, ut aliquid de ingenio gentis *Bohe-me* differam, maxime vero de hodierno regimine, & qualis ibi rerum ftatus fit, & quid de tumultibus iftis, in quos fe præcipitarunt, fentiendum & judicandum fit, quemque exitum habitura videantur præproperata & calida eorum confilia: verum talia non funt feftinantis & fubmiffi calami, fed requirunt aliquam meditationem & curam fcribendi. Hoc unum duntaxat colophonis loco fubjiciam, unde magnitudinem iftius regni poteft cognofcere. Urbes, oppida & oppidula numerantur in Bohemia feptingenta triginta duo; Arces centum & triginta, caftella cum pagis triginta quatuor millia feptingenta feptuaginta feptem. Familiarum tricies millies quadringenta fexaginta unum millia. Si jam decimus quisque in bellum ire cogitur, exercitus numerum trecentorum quadraginta fex millium centum & viginti virorum implebit, domi manebunt ter decies millies centum & quindecim millia ac fexaginta. Quælibet domus feu familia tenetur, fi opus fuerit, conferre ad confervationem regni tres *Schockos,* ita vocant genus monetæ quod ad aliquot centum millia aureorum adfurgit.

Habes, Nobiliffime Vir, quam petiifti, telam mei itineris in *Bohemiam* animi re-

crean-

creandi & temporis traducendi caufa a
me inftituti & peracti. Nam profecto
nihil aliud me movit, nifi fortaffis curio-
fitas quædam, & quod animum reficere
volebam a tædio ex diuturnis forenfibus
laboribus.

- - - *non femper Cnoffius arcus*
Deftinat, exemto fed laxat cornua nervo
Et galea miles caput & latus enfe refolvit.
LAELIUM & SCIPIONEM conchas & umbi-
licos ad CAJETAM & LAURENTIUM legere
confueffe & ad omnem animi remiffio-
nem ludumque defcendere ex *Scævola*
CICERO memorat. Cur mihi non idem,
quod tantis viris licuit, liceat. Colli-
gere nimirum in peregrinis litoribus,
has, quas tibi hac epiftola offero, reftas
& Conchylia. Sic enim fe res habet:
Ut quemadmodum videmus volucres
procreationis atque utilitatis fuæ caufa
fingere & conftruere nidos, eafdem, cum
aliquid effecerint, levandi laboris fui
caufa paffim ac libere folutas opere volitare: Sic noftri animi forenfibus negotiis atque urbano opere defeffi geftiunt
& volitare cupiunt vacui cura atque labore. Sed ne nimium me dilatem, con-
traho, & te, Vir amiciffime, quam
optime valere, Deum precor. Dabam,
Heidelbergæ VI. Idus Martii c I ɔ I ɔ c x I x.

(Littera

(Littera B. *)

J. J. RUSDORF,

DIETERICO WINTERFELDIO,

Confiliario Palatino Diocæfiis *Neoburgenfis* Præfidi.

Petiifti a me, Nobiliffime &. Ampliffime Vir, ut reverfus domum ephemeridem quandam noftri in *Brittanniam* itineris in tui gratiam contexerem, & quædam fcitu non injucunda & abfurda admifcerem: Sicut petiifti, ita conabor, in effeſtum dare, non ut confidam, me tibi fatisfaſturum, fed ut declarem meum in te obfequium & promtitudinem. Vilia erunt, quæ dixero & vix aliqua leſtione digna; Sed quia vis & jubes, obediendum eſt. Triduo poſtquam *Heidelberga* urbe egreffi fumus, commodum, nifi quod turbo primo die circa vefperum ex improvifo ortus terrorem nobis potius quam remoram injecit, *Coloniam Agrippinam* delati fumus: ibi negotiorum, quæ expediunda erant, conficiendorum caufa paullum fubftitimus. Dum ego traducendo tempori per urbem exfpatior, & collegium *Jefuitarum* prætergredior, animad-

*) v. l. c. pag. 735. & feq.

animadverto: comœdiolam ibi ludi, cu-
riofus novitatis in eo affideo, video hominem capitonem, macie & exfangui
pallore fqualidum, deformi & horribili
afpectu, inferni cujusdam Dæmonis fi-
guram præferentem, compedibus ferreis
ligatum & ex Orci cancris emiffum, in
theatrum trahi & ex vinculis caufam dicere juberi. Multa de fua noviter in-
venta fecta in medium afferre, ad eam
fpectatores & omne genus hominum
blande invitare, quoniam obfervatu fa-
cilior *Catholica Romana*, nullis etiam re-
gulis limitata aut obftricta, nullis difci-
plinis, jejuniis, vigiliis, precum repeti-
tionibus, aut ejusmodi cultui faftidiofo
& defatigabili obnoxia fit; fed omnimoda libertate amabilique voluptates ex-
plendi licentia atque privilegiis religio-
nem fibi ex animi lubidine fingendi, cun-
ctaque pro arbitrio faciendi gaudeat, contra jus fafque fibi vincula injecta & com-
pedes; nihil mali promeritum, obfecra-
re igitur per omnes Deos Deasque, ut
numellis expeditis priftinæ libertati & vitæ reftituatur. Hæc & ejus generis fi-
milia ediffertabat. Poftquam finierat,
adolefcens plenus irarum & truci vultu
prodit, & complofis manibus ac pedibus acri & virulento fermone in mife-

G   rum

rum Lutherum (is enim per illum ca-
ptivum repræfentabatur) intonat & de-
bachatur : Scorto moniali natum, trans-
fugam effe, una cum religione & ordinis, cui confecratus erat , habitu pudo-
rem etiam ac timorem omnem exuiffe;
virgines Deo dicatas vi clauftris eripuiffe,
& per fummum fcelus in media luce, ne-
mine non afpectante, tanquam impuden-
tiffimum canem, conftupraffe, turpiffi-
marum voluptatum cœno totum cooper-
tum eo delapfum infaniæ & malitiæ, ut
nullo fcelere & flagitio Deum offendi
poffe ftatuerit & docuerit. Cum tanquam araneam in fe fuxiffe quidquid ubique errorum & falfæ doctrinæ fuerit,
omnes denique hærefes, quæ ab ipfo
nafcentis Ecclefiæ exordio in hunc usque
diem exftiterint & invaluerint, fcruta-
tum fuiffe , easque jam dudum fepultas
ab Orco in vitam revocaffe; omnium,
qui unquam vixerint, hæreticorum im-
probitatem & impietatem longe fuperaf-
fe: cum inferorum Rege intimam & in-
divulfam familiaritatem & communio-
nem congreffumque habuiffe perpetuum.
Hinc ipfum in libro de Miffa angulari
fcribere, fibi diabolum de facie notum
effe , eo doctore plurima candidiciffe,
tam arctam denique neceffitudinem cum
illo

illo coluiffe, ut multos modios falis, ficut in proverbio eft, una comederint,
& ambo non nifi eodem tecto, cubiculo
& menfa fuerint ufi. Sectam & doctri-
nam cerebrofi illius Capitonis fcelerum
ac libidinum omnium fomitem effe, pacis
publicæ excidium & virtutum Chriftia-
narum Scopulum. Tenebrionem iftum
primum autorem exftitiffe, qui *Germaniam* pacatiffimam & otio gaudentem bel-
licis motibus, feditionibus, turbis, de-
dignatione parendi implerit, & contu-
maciam, rebellionem perfidiam in' animos fubditorum infuderit. Ab ejus do-
ctrina, tanquam ex impuro fonte *Bohe-
micorum* tumultuum ebulliones proma-
naffe & femina traxiffe. Eam enim contemtum legitimi Magiftratus & odium
fupremæ poteftatis invehere; fubjectos
ad licentiam, obnifum & oblocutionem
contra fuos Principes impellere: Impe-
ratoriæ Majeftatis & auctoritatis jus &
decus antiquare & exfibilare. Hinc cer-
tum & indubitatum effe, pacem & Con-
cordiam firmam in *Europa* & in *Imperio*
nunquam futuram; nifi prius auctoritas
beftiæ illius *Islebicæ* (ita agnominaba-
tur LUTHERUS) penitus convellatur & fecta fectatoresque ejus funditus exftirpen-
tur, igne, ferro, aqua necentur. Talia

plura

plura animos imperitæ & affectibus in-
dulgentis irritantia & conceptum in no-
ſtros homines odium foventia cum in-
genti applauſu - theatri dicta fuerunt:
Tandem unanimi confenſu miſer Lu-
THERUS Orco detruſus & æternis pœnis
adjudicatus fuit. Sic finita fuit fabula.

Coloni *Agrippina Neomagum* navicula
tendimus, illinc terreſtri itinere *Antwerpiam*, *Gandavum* & reliqua *Brabantiæ*
loca tranſeuntes *Caletum* uſque progreſſi
ſumus. Ibi confcenſa navi Oceani fre-
tum enavigavimus, inde *Doveram* mariti-
mam *Britaniæ* urbem & poſt *Cantrobri-
gum* delati. Poſtremo urbem *Londinum*
cum omni comitatu noſtro phaſelo regio
vecti ingredimur.

Tertio Kall. Maji JACOBUS HAGUS Vi-
ce - Comes *Doncaſtriæ*, Oratorem Palatinum, TIBOLDUM locum amœnum & de-
licioſum, duodecim ab urbe milliaribus
Anglicis diſſitum, ubi Rex æſtivabatur,
deduxit. Deinde Marchio BUKINGHA-
MIUS eum excepit, & ad regem introdu-
xit. Rex toga violacei coloris amictus
rubra medica veſte ſtrato confedit, audita legati oratione nobis omnibus, qui
honoris & officii cauſa oratori aderamus,
manum finiſtram, quam dextro in terram deflexo poplite reverenti oſculo
ſtrin-

ſtrinximus, porrexit. Vultu non nihil macilento & per morbum, ut auguror, paullum attrito Rex mihi fuiſſe videbatur; ejus manus molleſcere & ob chiragram leviter contremiſcere animadverti. Cætera vegetum & alacrem voce arguta & reliquo corporis geſtu firmum. Ab ipſius conſpectu egreſſi ad Principem Regis filium deducimur. Is nigro veſtibus amictu & pallio bombycino pullo circumtectus. Legato uſque ad januam cubiculi obviam ivit, eum humaniſſime excipiens & multos de ſorore ſua ſermones cum eo reciprocans. Adoleſcens eſt decenti conſpectu, vultu amabili, colore inter aquilum candidumque, oculis claris & nitidis, qui vigorem Regis filio dignum præferunt, habitu geſtuque corporis gratioſo. Statura non depreſſamec nimis procera : Sed juſta, quam conveniens ſymetria membrorum ornat, adeo ut ingenio, ætate & magnitudine corporis capeſſendis maturus & idoneus ſit.

Pridie Kall. Maji Vice-Comes *Doncaſtriæ*, Regis in *Germaniam* Legatus deſtinatus nos ad cœnam ſolemniter vocat. Epulum erat magnifico apparatu & opiparis patinarum ſtruicibus conſpicuum. Menſa oblongior in triclinio, flumen *Tameſin* proſpectante, quod au-

læis & tapetis superbis totum velatum
erat, subtilissimi textus mappa constrata
fuit; ad sinistrum mensæ latus duæ del-
phicæ, seu repositoria in gradus assur-
gentia posita, quorum unum vasa deaurata, alterum argentea candida exquisito
labore effigiata sustinebat. Antequam
discubitum ostreas crudas conchyliatas
monopodio rotundo ad pedes illius magnæ mensæ adstanti impositas degusta-
bamus. Hoc erat instar antecœnæ seu
gustationis. Interea ad harmoniam tu-
barum escalia & scutellæ a domesticis decenti ordine illatæ & mensæ a structori-
bus scite docteque impositæ fuere, fer-
culis adeo confertim impositis, ut nihil
vacui remaneret. Dehinc accubitum.
Primum locum Legatus, in cujus gratiam
convivium illud apparatum erat, occupa-
bat in fronte mensæ solus accumbens, a
dextero ipsius latere Dux LENOXIUS, Comes PEMBROKIUS; Præfectus cubiculi regii EDUARDUS EDMONDUS quæstor accu-
buerunt: a sinistro Comes ARONDELIUS,
Comes LICESTRIÆ Reginæ a cubiculis &
pauci alii, inter quos nos fuimus, infi-
mus accubuit convivii præbitor. Tubicines & æratores in horto ædibus adja-
cente remoti paululum a triclinio toto
tempore convivii flabant & buccinabant,
volu-

voluptatem ` epulantibus concinnantes.
Electi splendideque vestiti Nobiles juve-
nes officio famulorum & pocillatorum,
defungebantur, mensæ lateribus a tergo,
accumbentium adstantes. Primo mis-
su sublato, secundus inferebatur non mi-
nore deliciarum & gulam irritantium,
scitamentorum copia , quam primus,
affluens. Rari & magno præstinati pi-
sces aliarum regionum dapes, electa carnium cupedia, varia artocrearum gene-
ra& delicata fercula, ut mensam onera-
bant, ita oculos fascinabant, & pala-
tum provocabant. Tertius missus tra-
gematum & hypotrimmatum fuit omnium superbissimus: tot enim gulæ irrita-
menta , tot præmaturi & curioso tædu-
lorum ingenio educati; aut e longinquo
allati fructus: tot bellariorum aridorum,
liquidorumque species, ut aliquot aro-
matorias tabernas & peregrinos hortos,
compilatos fuisse dixisses. Quadraginta
plus minus phialæ argenteæ affabreque,
coelatæ singulæ, raro aliquo & vix noto
edulio sachari liquoribus commixto mensam replebant. Ad quemlibet missum.
mantilia, quæ manuum sordibus exter-
gendis dabantur, mutata fuerunt, novis,
suppositis & veteribus sublatis. Mensis,
secundis asportatis, tragmenta raptui ser-

vientium commiſſa, & mappacui adhuc
alia cum mantili longo tenuiſſimi textus,
fubſtrata erat, fublata fuit: tria prægran-
dia manibus lavandis trulleæ, quibus ro-
ſtrati canthari impoſiti; inter quos unus
in modum fonticuli per fiphunçulos pul-
cherrimo artificio aquam rofaceam eja-
culabatur, præſto erant: ablutis manibus furrectum, in aliud conclave itum,
fuaviſſimus muſices concentus auditus,
fermones familiares cum illuſtri fœminarum choro, qui aderat, confotiati, tandem circa meridiem noctis inde difcef-
fum fuit.

            O prodigia rerum
    Luxuries, nunquam parvo contenta pa-
                ratu.

Sequentibus diebus cæteri Regni Proceres falutavimus, nec non Principum ex-
terorum miniſtros & Legatos, inter quos
erat GABELLIONIUS celeberrimi illius Ju-
risconfulti PETRI FABRI Præſidis Curiæ
Camberiacenſis filius, Orator nomine fa-
baudi: Legati, item Ordinum *Belgico-*
rum & Regis *Hiſpaniarum* procuratores,
vulgo appellitant, in rebus Agentes.
Oratorem Regis *Galliarum* Marchionem
de FRENEL, ordinis regii equitem, magno comitatu in *Brittanniam* advenien-
tem in primis falutavimus.

                            VIII.

VIII. Idus Maji *Tiholdum*, ubi Rex adhuc morabatur, iterum deducti fuimus, poft prandium ibi fumtum Legatus Regi valedixit, ut & Principi & Marchioni *Buckinghamio*. Hic juvenis, feu adolefcens potius promifcua & proletaria nobilitate ortus, quamquam nullo virtutis exemplo clarus; tamen folo Regis favore & effufo amandi affectu ad tantam autoritatem, dignitatem & potentiam evectus confpicitur ut penes eum fit totius regni adminiftratio. Apud eum omnia confilia & negotia expediuntur; per eum omnia officia & honores veniunt & conferuntur. Victor abit, & obtinet, quod vult, qui vel pecunia benevolentiam hominis redimit, vel aliquo familiaritatis modo eum fibi reddit faventem. Prædia autem & quæ luculenta & laudata funt, & aliquam fortunæ portionem faciunt, ad hunc ipfum trahuntur: dum alii quidem muneribus eum fibi addicunt, alii vero dum profundunt fua, ad Magiftratum vel aliam aliquam perniciem populi pretio euntes: ficut Zosimus fcribit de STILICONE & RUFINO. BUKINGHAMIUS adolefcens eft proceriore ftatura, quæ leviter juftam excedit; fed competentia inembrorum ita convenit, ut proceritas venuftiorem eum, graviorem,

❀ 5   rem,

rem, gratioremque reddat: colore candido, oculis vegetis, corpore, quod mo-
derata mole carnis & torofis artubus fe
effert, decenti: Plane adhuc imberbis eft,
& vix prima lanugo genas pingere in-
cipit; inter illuftria exempla favoris &
amicitiæ regiæ numerari debet: quantum enim a Rege JACOBO ametur & æfti-
metur, inde manifeftum eft, quod his
ei, quem tamen adolefcentem luxui &
affectibus indulgentem, rebusque geren-
dis aptum novit; fui fuique regni regi-
men & curam præbeat & committat.

VI. Idus Maji confiliarium quendam
regium, cujus nomen mihi excidit, ob
crimen læfæ Majeftatis commiffum, con-
demnari & diro fupplicio affici vidimus.
Cum ad pœnas mifer duceretur, & fca-
las patibuli in foro, opere tumultuario,
ut fieri folet, erecti, confcendiffet, orationem longam ad populum, qui ad fpe-
ctaculum catervatim confluxerat, ea animi conftantia, intrepido vultu, nullo
perturbationis aut horroris indicio edito
recitavit, ut in admirationem fui fpectatores & auditores raperet. Vox enim
hominis, conftantis & timore infracti,
quafi e fuggeftu concionantis erat. Vultus nihil mutatus, nec tremor artus in-
vaferat, nec moriturum terrebat ante
ocu-

oculos ftantis necis imago: animi delibe-
rati & compofiti præfentiam magnum-
que mortis contemtum ore , geftu, fa-
ctis ubique demonftrabat. Orationem
ubi finiffet, carnificem ipfe alloquebatur,
fe feciffe, inquiens, faceret jam , quod
fuarum partium effet,, tum manibus pe-
ctinatim /inter fe amplexis preces ad
Deum fudit. His dictis ftrophiolum
ipfe fibi vultui obvolvit, laqueum, quo
gula frangenda erat, collo indidit, pal-
mas in alternas digitorum viciffitudines,
ficut orantes folent, connexuit: atque
hoc geftu habituque fcalis præcipitatus
in furca pependit, nullis fignis crucia-
tuum vel minimis editis.

Εστι καὶ π]αισαν] αρεταν ἀποδειξασθαι
θανάτῳ.
Licet etiam occumbentem virtutem
oftendere in morte.

Statim ex amicis quidam aderant, qui
pedibus arreptum trahebant, maturan-
tes eo modo mortem: Illud enim amicitiæ & amoris fignum haud tralatitium
inter *Britannos* æftimatur. Vix mifer
per quadrantem horæ ex infami ligno
pependerat, adhuc cum morte colluƈta-
rus. Quid fit? Carnifex laqueum abfcindit; cadaver humi delapfum veftibus
exuit,

exuit, cultro deinde oblongo pectus aperit; cor inde avellit & populo monstrat tum genitale membrum ex secat & igni adposito injicit; denique capite cervicibus amputato, & cadavere in quatuor partes dissecto, cataftrophen tragœdiæ imponit. Hoc genere supplicii Majestatis læsæ criminis convicti adficiuntur; gratiæ imputatur, cum reum diu in stipite pendere & animam exhalare sinunt; alias statim semivivi abscinduntur, ut acutiores cruciatus in reliquo supplicio perfentiscant. De reo hoc dicere possum: eum virum fuisse vultu venustum, linqua facundum, in ætatis indeflexa maturitate constitutum, fortunæ & animi dotibus bene ditatum.

III. Idus Maji deductionem & pompam funeris Reginæ ANNÆ nuper obitæ vidimus: Cui sequenti modo rituque parentatum fuit; Corpus, quod visceribus exemtis, aromatibus adspersis & unguentis infusis, urna ferali conditum, in ædibus defunctæ aliquot septimanis in secretiori cubiculo, sub thoro columnis quatuor suffulto & bombycina nigra veste velato, cujus fastigio superiori cristæ aliquot nigrarum plumarum superimpositæ erant, requieverat. Ante funeris elationem cadaver in aliud aliudque conclave
ve

ve delatum & ita paulatim promotum
fuit, ut propius januæ accederet, & ad
egreffum præpararetur more haud abfi-
mili, quem *Romani* olim fervabant, ca-
davera poft efflatam animam cubiculo ef-
ferentes, & in ædium veftibulo ad januam
tali fitu collocantes, ut facie pedibusque
effent in publicum verfis. Funus ad defunctæ domum indictum erat, ibi Proceres conveniebant, & per mediam viam,
quæ longa eft & fpatiofa rectaque ad
ædem *Weftmonafterienfem* fepulturis regiis dicatam, mille præter propter paf-
fus deducit, procedebant funus dedu-
centes. In via autem ifta feptum ligneo
opere tumultuario erectum erat, ut ab
affluentis, qui ex toto regno fpectatum
confluxerat, populi impetu incedentes
defenderentur, & in ordine non pertur-
barentur. Viginti fenes Capulares & de-
crepiti, qui annorum multitudine cives
omnes antecellere putabantur, pullis amicti palliis bini præcedebant. Illos fequebantur mulieres ptochotrophæ ducentæ
feptuaginta duæ plus minus, quadrinæ
euntes, capita linteo candido ufque ad
fpinam dorfi demiffo & corpora ftola
nigra velatæ omnes liberalitate regia veftitæ. Has fequebantur viri numero pa-
res, qui bini euntes, pallia ad furas por-
recta

recta habebant, a quorum collarium lateribus duæ teniæ nigræ ad tergum de-
miffæ dependebant. Hi autem erant fa-
muli & miniftri Procerum & nobilium in
regis & filii ejus familia degentium. Poft
hos bini incedebant tubicines. Illi extu-
bis vexilla nigra, in quibus defunctæ infignia depofita erant, appenfa habentibus,
per intervalla funebrem rudemque can-
tum fonabant. Deinde duo caduceatores
chlamyde quadrangula a collo ad umbilicum ufque promiffa, quæ per affurgentes acu pictas imagines regni infignia
oftentabat, amicti erant. Illos fequeba-
tur vexillarius, trabea longa pulla indutus, vexillum, in quo crux alba in campo cæruleo depicta erat, bajulans. Ordinem hunc comitabantur alia feptuaginta novem virorum trini euntium, juga
duobus tubicinibus, totidemque cadu-
ceatoribus & fignifero, vexillum, in quo
crux rubra in campo albo depicta fuit,
ferente præeuntibus. Hos iterum alia
viginti novem juga fequebantur: Vexillum autem ex albo & nigro bombycino
contextum, in quo crux aurea efformata,
præibat. Poftea alia fexaginta octo juga
virorum incedebant, vexillum, in quo
olor aureus, & eques armatus depicti
erant, prælato. Iterum deinde viginti
fex

fex juga virorum, qui bini & trini ibant,
fequebantur. Mox triginta quinque Ca-
nonici *Weftmonafterienfis* Prælaturæ ca-
fulis feu veftimentis facris, auro argen-
toque more Phrygio piĉtis induti ; poft
hos fex pueri , trini amiculis linteis candidis velati itabant, quos Epifcopus *Lon-*
dinienfis folus habitu facerdotali confpi-
cuus infecutus eft. ¡Hunc iterum exce-
perunt fex pueri albis fupparis amiĉti;
pone eos facerdos infula & cultu facro
verendus folus incedebat. Inter eundum
autem hæc facrorum hominum natio
nænias & funebria cantabant. Seque-
bantur porro viginti quinque virorum
togas longas geftantium, nempe magno-
rum nobilium, Equitum, Baronum bini
incedentium Ordines : Ante eos quatuor
tubicines ibant, & vexillum, in quo Leo
aureus depiĉtus erat, præferebatur: tum
oĉtodecim paria Confiliariorum, officio-
rum Palatinorum Miniftrorumque Regis,
Reginæ & Principis ambulabant: Inter
eos novem erant , qui bacilla oblonga
candida in teftimonium muneris & di-
gnitatis manibus tenebant. Sequeban-
tur de hinc feptem tubicines, quatuor
chlamydati equilo, & vexillarius vexillum totum aureum, cui Leo cæruleus,
lucidus pede dextero cor humanum li-
                                        brans

brans appictus erat, geſtans. Pone eum
ibant triginta paria procerum & Purpu-
ratorum, quos vulgo *Mylords* vocant,
inter eos octo Epiſcopi erant, & Archiepiſcopus *Cantuarienſis*, qui ſolus
propter eminentiorem dignitatem, &
quia parem non habet, incedebat. Ordinem hunc clauſit Princeps CAROLUS,
defunctæ Reginæ filius, longa trabea,
ſeu tota equeſtri indutus, cujus Syrma,
ſeu tractum, duo pullati Proceres ſuſti-
nebant. Tandem denique ipſum funus
ſecutum fuit. Erat thorus columnis ſuf-
fultus, quibus innitebatur tectum teſtu-
dineatum, in quatuor partes devexum,
cujus extremis acroteriis criſtæ plumeæ
& vexilla parva affixa erant. Is bombycino nigro, quod vulgo holoſericum
dicunt, totus undiquaque obductus erat,
& vehiculo ad id præparato portabatur.
Equi ſerico pullo a verticæ ad talos uſque
velati & inſignibus acu pictis ad latera
frontemque affixis ornati, plumisque,
quibus vexilla minuta infixa erant, in oc-
cipite criſtati pompam ſeu thenſam hanc
trahebant. Priores duo equi a ſtratori-
bus, qui manibus lupata tenebant, ducebantur. Auriga, ciſtulo petorriti capite aperto inſidens, & continuos cla-
roſque ploratus edens, cæteros regebat.

Ad

Ad latera thori & equorum ſtabularii
pullati ſine ordine & diſperſim ibant.
Effigies ſeu imago cerea, os & vultum,
totamque Reginam defunctam ad vivum
repræſentans, ſupina & pulvillo caput
innixa recumbebat, coronam in capite,
& ſceptrum in manu ſuſtinens. Sicut
in funeribus Imperatorum apud *Roma-*
nos uſitatum erat, prout legere eſt in
AUGUSTI funere apud DIONEM, & in SE-
VERI apud HERODIANUM, ritus hos fere
narrantem. Veſtitus autem flammeus
intus, violaceus extra fuit, argento, auro, gemmisque nitentibus intertextus,
ſubter thorum urna feralis, in qua cadaver ipſum requieſcebat, erat, quæ con-
ſpici publice non poterat, propter tecti
ſtragulam veſtem undique dependentem
& capulum circum operientem. Funus
inſequebatur equus ſpadicei coloris ephip-
pio fœmineo & dorſuali ſerico marini
tinctus argento gemmiſque prætexto in-
ſtratus, phaleris ſuperbiſſimis, regali-
que cultu ornatus, quem Reginæ ſtrator
frenum dextera tenens, ducebat. Pompam hanc excipiebat inſignis matronarum & puellarum chorus. Primo loco
ſola ibat illuſtris Domina ARONDELIA, tanquam magna regni Threnoſtria, ita mos

                              H   eſt

eft gentis. Habebat duos ad latera comites & ductores e prima nobilitate ori-
undos : hi capitibus detectis adambula-
bant & officium præftabant : bine pone
puellæ, quæ veftis fyrmata fuftinebant,
fequebantur. Threnoftria illa induta
erat longa cyclade pulla, occiput largo
operimento nigro velata.

Eam triginta octo matronarum illu-
ftrium comitum, baronum, magnarum
nobilium paria confequebantur, quarum
quælibet ab affecla aperto capite ad latus eunte, ductabatur. Veftitæ omnes
ad modum magnæ illius Threnoftriæ,
nifi quod hujus habitus auguftior & fpa-
tiofior largiorque effet. Poft illas triginta octo alia paria nobilium puellarum,
ornatricum & miniftrarum, quæ albo
usque ad umbilicum, cæteræ pullo ami-
ctæ erant veftitu, incedebant. Harum
lacrymæ & voces ab omnibus videban-
tur & audiebantur. Ploratus enim &
ejulatus five ad oftentationem, five quia
revera dolebant, ciebant. Totam hanc
pompam claudebant viginti quinque paria fatellitum & ftipulatorum, qui ama-
zonias fecures in terram retroflexis cu-
fpidibus portabant.

Hoc

Hoc ordine & apparatu ad ædem *Westmonasteriensem* proceſſum fuit. In hujus medio machina lignea ex aſſeribus & tabulatis compaginata & erecta erat, ſerico pullo obducta, cui thorus ille feralis impoſitus fuit. Threnoſtria in ſella bombycio nigro velata ante funeris faciem conſedit. Circa eam Proceres primarii funus concomitati partim adſidebant, partim adſtabant. Ubi omnis pompa templum fuit ingreſſa, foresque obtuſæ, Archiepiſcopus *Cantuarienſis* ſuggeſtum aſcendit, inque honorem defunctæ verba fecit. Textum & materiam concionandi ex Pſalmo CXLVI. ſelegit, ubi ſcribitur: *Ne fiduciam habetote in ingenuis, in ullo filio hominum, penes quem nulla eſt ſalus. Exit Spiritus ejus, revertitur in terram ſuam, die eodem pereunt cogitationes ejus.*

Concione finita, illuſtris Domina ARUNDELIA ad Decanum *Westmonaſterienſem*, qui pollubrum aureum magnum ambabus manibus ſuſtinebat, deducta fuit; ibique in Procerum omnium conſpectu reverenti prius ſalutatione ter facta, aurum argentumque ritu ſacrificantium in pollubrum injecit. Interea

terea fyrma veftimenti nóbiles puellæ bi-
fiæ elevebant. ARUNDELIAM fœminarum cæterarum chorus fecutus eft,
binæ autem ibant cycladibus humum
verrentes & nihil facrificantes; fed re-
ftabantur duntaxat ipfas fervitio magnæ
illius Threnoftriæ alligatas honoris &
famulitii caufa fecutas fuiffe: Statim ac
ARUNDELIA ad fubfellia rediit. CA-
ROLUS Princeps a præconum primicerio
ad Decanum itidem deducebatur, aurum
& argentum, ficut magna Threnoftria,
oblaturus, Præfecto cubiculi fyrma veftis ejus ambabus manibus fuftinente.
Poft eum comes *Wigornienfis* a dexteris
& *Lenoxienfis* Dux a finiftris prævio præ-
cone ad idem facrificandi officium procedebant. Mox cubiculi regii Præfectus
& cum eo ARUNDELIUS deinde *Mont-
gomerenfis* comes: poftea illuftres fœminæ & Matronæ facrificarunt. Hoc
facto, Archiepifcopus *Cantuarienfis* folus & Cancellarius facculum acu pul-
cherrime pictum, in quo magnum regni Sigillum, pro more portans, itidem folus, facrificium peragebant. Hos
fequebantur primarii regni Comites, E-
pifcopi, Vice-Comites, Barones, Vexillarii, aliique Regis & Reginæ officiales
idem

idem officium facrificando execuţi. His
peractis, Reginæ defunctæ adminiftri
ante funus adftantes, & ter illud reverenti pedum inclinatione falutantes bacilla candida fupra detectum caput frange-
bant, quo fignificabant, ipforum officia cum Regina exfpiraffe. Fragmenta
bacillorum præco funeri adpofuit. Du-
rantibus iftis ceremoniis cantu fuaviffi-
mo vocali & inftrumentali, ut vulgo
loquimur, omnia exfonabant. Pofthæc
Vexillarii, unus poft alterum trina inclinatione facta Principi vexilla in manus porrexerunt, qui ea Decano tradidit, ut in ædis fornice, ficut moris ibi
eft, fufpenderentur. His omnibus modo, quo dictum, peractis, & populo di-
miffo, quilibet ad fuos confufim, nullo
ordine obfervato, fe recepit.

VI. Kall. Junii navem confcendimus,
& nullo penitus vento flante folvimus;
itaque lente & faftidiofe per flumen *Ta-*
mefin folo maris refluxu adjuti, prove-
cti fumus; cum autem prope *Margo-*
thum, ubi propter loca brevia & fabu-
lofa navigatio periculofa eft, veniffemus,
protinus circa noctis meridiem ventus
impetuofus & vehemens, non totus con-

trarius, nec tamen fecundus exoritur,
quem nauclerus noster mira dexteritate,
velis artificiose distentis, & ad flatum,
nunc huc, nunc illuc, mutatis, include-
re, quod Latini colliquare sinus vocant,
scivit, ita ut eo, quamvis magis contra-
rio, quam favente, uti dixi, ULYSSI-
PONAM Selandiæ urbem primariam præ-
ternavigatis *Flandriæ* litoribus, quæ ex
alto despeximus, commodum cum sole
meridiano delati fuerimus: ubi statim aliam navim conscendimus, & vento, tum
admodum secundo, *Antwerpiam* inclina-
to die devenimus. Brevi admodum
tempore, spatio nimirum octodecim ho-
rarum totum illud iter de MARGOTHO
ex *Britannia,* ubi *Tamesis* se in mare ex-
onerat, *Antwerpiam* usque in *Flandri-
am* confecimus. Illinc *Coloniam Agrippinam* per *Brabantiam, Geldriam* & *Cli-
viam* profecti, *Heidelbergam* tandem so-
spites & incolumes revertimur.

Antequam finiam, quadam de urbis
Londini situ & inhabitantium ingenio dicam. Urbs *Londinium* aëre satis salubri
& temperato utitur, in admirabilem longitudinem protensa, paulum tamen in
amphitheatri formam arcuata, amœnissimo in loco & plano adsita, pascuis her-
biferis

biferis, hortis cultissimis, pratis fœcundis, & villis innumeris circumdata & inclusa est. Flumen quod *Tamesis* vocatur, naviferum & spatiosum, quod venilia maris nobilitant, & commodius reddunt urbem in curvo fluxu præterlabitur. Navium est statio pulcherrima, emporium totius ausim dicere *Europæ* nobilissimum, adeo, ut singulis pæne horis quam plurimas onerarias corbitas negociatorias naves, merces ex utroque terrarum orbe importantes & in varias regiones exportantes cernas: phaselos item, cymbas & id genus navicularum innumerum & infinitam multitudinem trajicientium flumen, aut in loca urbis euntium. Habet urbs ista pluria suburbia ampla & populosa, inter quæ *Solericum* trans flumen situm magnæ alicujus urbis speciem præfert; in ea ultra viginti millia hominum adultorum sunt, qui ex lege ætatis ad sacram synaxin admittuntur. Inde magnitudinem suburbii conjectare licet. Ipsa autem urbs magnitudine, & amplitudine, non autem multitudine ædium & incolarum *Lutetiam Parisiorum* mihi superare videtur. Ædificia publica & privata magnifica & conspicua

multa continet, quorum major pars flumen defpectat , quod præter navigan-
tibus gratum afpectum exhibet. Palatium Regium, ubi Reges commorari
folent , *Alba Curia* vulgo cognomina-
tum, fpatiofiffimum & amplum eft, prif-
ca ftructura , rudi quidem, fed fatis re-
gali venerandum hortis venuftiffimis,
& omnimoda induftria cultis , arbore-
tis curiofe confitis, adornatum. *Weftmonafterienfe* templum vere regium in-
fano & admirabili opere confpicuum eft,
in quo fuperbiffima & fumtuofiffima Regum Reginarumque & Magnatum *Britanniæ* monumenta confpiciuntur. *Sancti* PAULI templum in urbe opus eft ad-
mirandum, quod vix in *Europa* fimile,
præfertim fi longitudinem & magnitudinem confideras, habet, in formam
crucis ædificatum, turre quadriformi in
medio fuperexftante. Pons perpetuus
totus lapideus in flumine vorticofo &
profundo ita folide & firmiter ftabili-
tus, ut nec impetus maris recurrentis
aut venientis aut fluminis defcendentis
furor hiberno tempore quicquam labe-
factet. Superftructa habet ædificia &
domos ampliffimas, quibus quafi totus
contectus eft , ut mirum alicui videri
pof-

poffit, quomodo tantam molem forni-
ces pontis fuftinere queant. Turris
Londinenfis, quæ arx feu caftellum eft,
memoratu digniffima eft, ut & hofpi-
tale illud famofum & ditiffimum, quod
Carthufianorum domum appellant. Epi-
ftylia denique duo unum idque angu-
ftius in urbe, alterum minus in fub-
urbio *Weftmonafterienfe*, utrumque cm-
nis generis, mercimoniis & emențium
mira multitudine refertum, *burfus* vulgo nominant.

Reliqua taceo, ne fuperfluo labore
nimis moleftus fim: nihil etiam dicam
de regiis villis paucis ab urbe lapidibus hinc inde fitis, ubi Rex æftivari &
deliciari folet: pauca duntaxat de ipfa
gente hic attingam. Statura ferme funt
mediocri, juftæ proxime accedente;
moribus non in elegantibus, fi plebem
& vulgi fententiam excipis; forma fpe-
ciofi, præfertim fœminæ, quæ pulchri-
tudine cæteras totius Europæ anteftant:
ingenia ad omnes artes addifcendas ap-
ta habent: cultus & curæ corporis ultra quam decet, ftudiofi; otium amant
& commeffationes; exquifitiffimis con-
vivandi apparatibus delectantur; novos

H f   &

& præcoces fructus inter delicias nume-
rant & comedunt: lufui plurimum &
inertiæ dediti: Fœminæ variis inftrumen-
torum muficorum generibus operam
dant, quibus vocalem concentum ad-
mifcent: fplendoris in victu & amictu;
majeftatis in procedendo in publicum
oppido quam curiofæ funt, elatis & fuperbis præditæ animis, quamvis exter-
ne fpeciem fingularis humanitatis & comitatis in excipiendo, falutando, collo-
quendo & alloquendo teftificantur: habitus earum lafcivior, utpote quæ um-
bilico tenus pectus femi apertum paten-
tibus mammillis oftendunt: geftus & in-
ceffus & modus omnis venerem fpirat
& mollitiem, ultra fexus conditionem
libertate in familiaribus congreffibus ce-
lebrandis, in ludis fpectandis, in alloquendo promifcue, quos velint, in otio
ac deliciis quærendis gaudent. Itaque
non abfurde in vulgi proverbio: *Britan-*
nia Paradyfus fœminarum, equorum in-
fernus, famulorum, aut potius crumenæ
purgatorium vocatur.

Gens tota mercimoniis eft dedita,.
mollis & delicata, quæ fua extollit, alie-
na vilifacit, tanquam quæ ad eam Ma-
jeftatem & fplendorem, quem fibi in
omni-

omnibus rebus attribuunt, haud acce-
dant. Herbam nicotianam vulgo *Toba-*
cum vocant, per fiphunculos argillaceos
in fumum uftam incredibili cupiditate
combibunt, nectari & ambrofiis Deorum
forbitionem illam comparantes. Regem
JACOBUM ajunt folere joco dicere *fi*
diabolum laute excipere vellet, fe ei in
potum daturum tobacum, in efcam braf-
ficam Germanorum & Afellum pifcem.

Sed quid me diffundo, omnia non
exequar: Colophonis loco hic fubjiciam
quatuor verfus omnium Brittanniæ Regum a primo ad ultimum usque nomina
continentes.

Will. Con. Will. Rufus, Hen. Stepha-
nus, Henque fecundus, Ri. John. Hen.
tertius, tres Eduards Rique fecundus.
Tres Henr. Ed. bini, Ri tertius, feptimus
Henrii. Oct. Hen. Edu. fextusque Mar.
Elifabetha Jacobus.

Vale nunc, amice chariffime, & has
nugas, quas a me exigifti, æqui, boni-
que confule. Dabam Heidelbergæ. VIII.
Idus Junii cIↃ IↃ cxix.

Litte-

(Littera C. *)

Nobiliſſimo & ampliſſimo Viro,
JOHANNI GEORGIO DE GRUEN,
Judicii Imperialis, quod eſt *Spiræ,*
Aſſeſſori & Conſiliario.

Qualem quantumque hoſpitem hiſce
diebus habuerimus, & quid invicem
confabulati ſimus, operæ pretium me
faɔturum puto, Nobiliſſime amice, ſi ad
te perſcripſero. Scio enim, te illud li-
benter auditurum, ut tædium a ſeverio-
ribus *Aſtræ* curis contraɔtum, jucunda
leɔtione mitiges, & tuam laudabilem cu-
rioſitatem novo paſtu reficias. Ante pau-
cos dies JOHANNES CASIMIRUS BIPONTI-
NUS ex legatione, quam ad Regem *Sueciæ,*
nomine FRIEDERICI Eleɔtoris confecit, reverſus, quatuor aut quinque Nobiles
Suecos in ſuo comitatu ſecum adduxit.
Inter eos erat Rex ipſe GUSTAVUS ADOL-
PHUS, deſiderio *Germaniæ* videndæ ac-
cenſus, qui tamen incognitus eſſe volebat. Soli JOHANNI CASIMIRO & hujus
Fatri primogenito, JOHANNI BIPONTINO,
&

*) v. I. c. pagg. 749 - 754.

& Electrici Viduæ Palatinæ, & JOHANNI Comiti *Naſſovio* Seniori ſe aperuerat, & ſuum conſilium detexerat. Hi autem, quo arcanum hoc occultius haberent, & nos confidentius fallerent, ex compoſito nullo eum honore afficiebant, nec aliis præferebant. Hinc factum eſt, ut non aliter a nobis, quam familiaris aliquis & amicus, ex promiſcua nobilitate natus, æſtimatus & habitus. Cum primo die, quo advenerat, Principes noſtri in hortum poſt vesperam exſpatiarentur, ille intermixtus nobis turbam ſequebatur: cum ſe paullulum proferret, ut ſermones, quos Principes inter ſe conferebant, exciperet & perciperet, CATHARINA Palatina hanc cupiditatem impudentiam interpretata, ad ſororem Bipontinam Principem, vah! inquit, idiomate gallico, quam impudentes ſunt iſti *Sueci!* Hoc Rex plane audire potuit. Altero die hinc ad caſtra Marchionis *Badenſis* in *Alſatia* luſtranda, diſcedens, in tranſitu Caſtellum *Manhemium* videre & inſpicere conſtituerat. Quid fit? LAVALLIUS Electricis ex ſorore TREMOLLIA nepos commodum aderat: ei Matertera omnem honorem tanquam grato & novo hoſpiti exhibitura, inter alia etiam

com-

communitiones istius Castelli monstrari
volebat: me igitur ad eum deducendum
adesse jubet: simul etiam præcipit, ut
Suecis Nobilibus, qui cum Comite Nas-
sovio & Johanni Casimiro Bipontino
adfuturi sint, omnia amica officia præ-
stem. Dum iter emetimur, virgula quadam divina contigit, ut Rex lateri meo
junctus in amplum mecum colloquium
descenderit. Ille multa de *Germania* &
Palatinatu, de hujus situ & fertilitate soli loquebatur, sic tamen, ut subinde etiam campos & agros *Stockholmienses* in
Suecia commendaret. Cum inter pro-
grediendum ex una parte, urbem & arcem *Ludeburgensem*, domicilium Episcopi *Wormatiensis*, ex altera pagos & vil-
las Episcopi *Spirensis* immixtas & infu-
sas medio *Palatinatu* digito monstrarem,
multum mirabatur. Meus, inquit, cle-
mentissimus Dominus, hoc nequaquam
permitteret, si hujus Regionis Dominus
foret: frænum & lupatum istud dudum
excussisset & sacrificulos in ordinem re-
degisset.

Dehinc multa super Rege *Sueciæ*, multa de ejus ingenio, moribus, vita loque-
bar: me intelligere, inquiebam, eum
esse Principem magnanimæ indolis & ma-
xima-

ximarum virtutum: adhæc optimis difci-
plinis artibusque militaribus & civilibus
inftructum: linguarum infuper fcienti-
am adjunxiffe. Nam germanicè & gal-
licè eum loqui perfectiffime. Ad hæc ille,
meus, inquit, Sereniffimus Rex Galli-
cam & Germanicam linguam callet &
loquitur æque bene ac ego.

Deinde me mirari dicebam, quod Ordines Suécici permittant, ut ipforum
Rex, quoniam nullis domefticis muni-
mentis infiftat, fed fucceffor in incerto fit,
tamdiu non nubat, & liberos in fpem &
fulcrum regni procreet, cum tamen jam
maturior fit annis? Si enim ei aliquid
humanitus accideret, *Sueciam* novis turbis & tumultibus impletum iri pluribus
rei fummam ad fe rapientibus, vel fceptro
iterum ad *Polonum* devoluto. Ad ifta,
Clementiffimus meus Dominus, inquit,
uxorem ducturus, eam fibi ducet, non
ex imperio & ad nutum ordinum matri-
monia enim libera funt. Bene, excipio
ego, nos fperamus, eum imitaturum ex-
emplum & veftigia patris. Is, antequam
Rex pronunciatus erat, FEIDERICI IV Ele-
ctoris-Palatini fororem CATHARINAM, ex
qua filiam genuit, quæ nupta eft JOHAN-
NI CASIMIRO Palatino-Bipontino, in con-
                                   jugem

jugem accepit. Nunc filius ipsius Gustavus Adolphus novus Rex bene faceret, si Friderici Vti novi Regis Sororem Catharinam cognominem in uxorem ascisceret. Certe ea digna est tali
Principe jam plenis nubilis annis: ad hæc
robusta est, succi plena, adeo ut Regis
Sueciæ quem etiam porosi & torosi corporis esse dicunt, consortio oppido con-
veniat. Adde quod eodem jure Fride-
ricus ad regnum ascenderit, quo ille ad
suum: eadem est fabula, eadem causa &
justitia, idem processus. Itaque tanto
consultius foret, si isti duo Principes inter se vinculo arctioris consuetudinis &
affinitatis jungerentur. Prudenter enim
Principes sibi comparare solent affinitates
cum sui similibus & suæ fortunæ hominibus. Similitudo enim fortunæ & paris
juris & causæ societas firmissimum ad
conciliandos & continendos in amore
animos, vinculum est. Nullus præ-
terea Princeps hodie in *Europa* est, qui
ex consideratione paris causæ ad auxilium Regi Friderico ferendum, ejusque
causam tuendam magis obligetur, quam
Rex *Sueciæ.* Non enim ovum ovo, nec
lac lacti tam simile, quam causa Suecica
& Bohemica. Utraque paribus funda-
                                    mentis

mentis, iisdem rationibus & juribus inni-
tentur: una defensa & justa pronunciata,
altera etiam defenditur & confirmatur:
κοινὴ ναῦσ, κοινος κίνδανος (communi navi: commune periculum) ad ista excipi-
enda, non debes, inquit Rex, dubitare de
Serenissimi mei Domini optima in Regem
FRIDERICUM voluntate. Ille bene ei cupit,
omnibus modis in praesto esse vult, nihil
æque voto expetens, quam ut ejus res fe-
liciter progrediantur, incrementum magis ac magis sumant, & in perpetua felici-
tate consistant, securæ a casu & mutatione.
Ego subjiciens, non dubito, inquam, de
præclaro & promto Regis *Suecia* erga
causam nostram animo. Persuasi enim sumus, eum libentissime & summa cum ala-
critate auxilium Regi *Bohemiæ* laturum esse, si vires sufficientes domi haberet. Duo
tantum sunt, quibus alter alterum juvare
potest; pecunia & viri. Hos, quod attinet, non video, quomodo *Suecus* in ulti-
mo septentrione remotus militem inde
educere & in suppetias *Bohemis* & *Ger-
manis* mittere valeat; Suecia quidem va-
sta est, sed viris non adeo abundante regione. Sumtus ingentes, qui faciendi e-
runt, annona parata difficilis, transitus
haud pronus, mille impedimenta, remo-
ras, damna afferent. Ne dicam militem

J

lon-

longi itineris laboribus exhauſtum & di-
minutum dilapſurum, antequam ad amicos perveniat. Adde, quod Sueci noſtræ
militiæ, noſtroque cœlo non ſint aſſueti:
alio more vivunt, diverſis armorum utun-
tur exercitiis. Denique Suecus gravi &
æterno contra Polonum bello eſt impli-
catus: ad id ipſe opus habet tyronibus,
& milite, quem ſufficientem in vaſtis ſuis
a populo nudis provinciis non invenit,
in peregrino & ex vicinis legere cogitur.
Quod pecuniam attinet, ab ea ſcimus Sue-
cum non bene valere. Nam ſicut in ru-
dioribus illis & ignorantibus populis non
eſt tantus amor numorum, ſic nec eſt tanta affluentia & accumulatio. Divitiæ illo-
rum conſiſtunt in primis in pecore, in fun-
dis & agricultura: non in auro aut in ære.
Hinc reditus & fructus, qui ad Regem inde veniunt, non ampliores ſunt, quam ad
ordinariam regni adminiſtrationem , re-
quiruntur: ad bella extera & longinqua,
quæ ſine magna & præſenti pecunia geri
non poſſunt, nulli ſuppetunt.

Ad hæc Rex, quid, inquit, ais? Sere-
niſſimum Dominum meum a nummis ino-
pem eſſe dicas? an neſcis *Sueciam* ærife-
ris & argenteis plus ulla alia regione totius *Europæ* abundare? innumeras præ-
terea commoditates ad conficiendam pecuniam

niam mari terraque fubminiftrare? quantum quotidie æs, aurum & argentum fe-
reniffimus Rex meus in numum conflare
& fignare facit? quot tabernus & offici-
nas monetarias, quæ fuforiis & fatura-
tiis fervent, habet? quantam denique pecuniam cogit ex tributis, vedigaliis &
portoriis? An, non Regi *Daniæ* non ita
pridem decies centum millia imperialium
ære præfentario pro reftitutione *Calma-
tiæ* urbis perfolvit? fi pecuniam non ha-
buiffet, unde tantum nomen perfolvere
potuiffet? non nego, fubjicio ego, *Sueciam* ærariis & argentifodinis celebrem a-
bundantemque effe, verum inde tanta numorum copia colligi non poteft; quanta
in alliis regnis, in *Gallia*, in *Italia*, in *An-
glia*, & apud *Batavos* negotiatio & navigatio confert, quæ certe pluris æftimanda
eft, quam omnes venæ metalliferæ. Non
equidem negarim, *Sueciam* fatis nummo-
rum habere ad fuas neceffitates, fed cum
aliis multa pecunia auxilio præfto effe poffe haud credo.

  Hæc & multa alia vario fermone inter nos ferebamus; inprimis de pontificia
Romana religione non pauca loqueba-
mur. Eam ille valde deteftabatur, dicens
nuper *Erfordii*, cum illuc tranfiret, num-
mo aureo facerdotem quendam induxiffe,

ut fibi Miſſam, cujus ritus videre deſi-
derabat, diceret: hominem ſceleſtum il-
lico arcanum ſuæ religionis vili pretio
vendidiſſe; inde impietatem & mores ſa-
crificulorum cognofci poſſe.

Finito colloquio, ego rogabam, ut
mihi nomen ſuum diceret. Fieri enim
poſſe dicebam, ut aliquando in *Sueciam* a
Sereniſſimo meo Rege mittar, vel ipſe
ſponte ad videndum tantum Heroa pro-
ficiſcar; tum mihi exoptatum & ſolatio
fore, ſi aliquem in iſta aula amicum, quem
accedere & cujus amicitia, opera & con-
ſilio uti, poſſem, habere. Meum nomen, inquit, G A R S vocatur: Sum Se-
reniſſimi mei Principis domeſticus & co-
hortis prætoriæ Præfectus: tibi perſua-
deas velim, me tibi omnibus amicitiæ
officiis præſto futurum, ſi ad nos in *Sue-*
ciam veneris: experieris etiam ſingula-
rem & magnanimam Regis in te benevolentiam.

Poſt aliquot demum dies ex Sereniſ-
ſima Electrice Vidua cognovi Regem fuiſſe illum, cum quo tam familiares con-
greſſus habuerim; nomenque illud
G A R S literas initiales Gustavi Adol-
phi *Regis Sueciæ* continere. Tum omnia,
quæ audieram, quæ videram, quæ di-
xeram, ad animum diligentius revoca-
bam,

bam, & meas cogitationes varia oble-
ctatione pascebam, subinde mecum me-
ditatus.

„ Sic oculos, sic ille manus, sic ora
„ ferebat. " . Hæc ad te, amicissime Virorum, scribere volui, ut mecum par-
ticeps redderer felicitatis, quæ mihi ig-
naro & nihil horum cogitanti contigit,
dum cum tanto Rege familiariter alloqui
datum fuit. Veræ enim amicitiæ hanc
rationem esse puto, ut cognitionem &
societatem suorum commodorum alter
alteri præstet. Gaudia, quibus solus fru-
eris, angusta sunt & delectatione carent.
Nullius rei sine socio possessio jucunda
est. Nulla delectatio solida quæ non
communicatur cum amico, sicut inqui-
unt *Hispani* in proverbio. Vale nunc
optime, amicorum optime. Dabam
Heidelbergæ III. Non. Maji
cIↄ Iↄ cxx.

(Littera D.)

ELEGIA

de

Præfente rerum Statu in Germania *)

Dum nimium fecura fui *Germania* degit,
Et nihil adverfi defidiofa timet:
Exoritur fubito bellum motore Bohemo,
Impetu præcipiti miles ad arma ruit:
Signa canunt, trepidant acies, cuneique ci-
entur,
Virque virum legit & pes premit usque
pedem.
A fociis deferta fuis Germania vulnus
Tunc recipit, clypeo non bene tectá
fuo.
Chirurgi fubito properant, properantque
Medentes,
Quisque quid oftenfum poffet in arte fua.
Ante alios Cæfar, Bavarus tumidique Li-
giftæ
Conveniunt medicas adplicuiffe manus.
Scalpello vulnus fodicant, uruntque fecant-
que

Clam-

*) v. Tom. IV. MSpt. *Rusdorfii* tit. Far-
rago exhibens diverfas de Republica literas, Legationes, Relationes &c. &c.

Clamque superfundunt mixta venena favis.
Posthæc conficiunt in Ibera emplastra ta-
     berna
Unguinis Austriaci commaculata luto.
Incantatrici recitato carmine linguæ,
Fallaci plagam dexteritate ligant.
Præstigiis variis, variis & fraudibus usi
 Conciliare vafra calliditate cutim.
Obducunt crustam supremæ vulneris oræ
 Incurata sinunt interiora mali.
Non illis cura penitos mundare recessus,
 Non a morboso pus removere loco.
Solliciti internos æstu fovisse dolores,
 Nil nisi quærebant amplificare malum.
Hinc magis intumuit, magis & suppuruit
      intus
 Materies supra multiplicata modum.
In putidos collecta sinus efferbuit ingens
 Pustula supposito bullit ut olla foco.
In totum sese diffudit copia corpus
 Corrupitque pari cætera membra lue.
Sic exspes jacuit Germania proxima lecto,
 Depositæ nullus ferre valebat opem.
Est equidem Danus miseræ succurere nixus
 Attamen evicit prævaluitque malum.
Impellente Deo tandem GUSTAVUS ab arcto
 Præ cunctis medica doctus in arte venit.
Explorat venam digitis, & corporis omnem
 Complexum, solida mente oculisque notat.
        Nec

Nec mora, præfcripto ventrem medicami-
ne purgat,
Et penitus tollit femina prima mali.
Vulneris os poft hæc ferro refcindit acuto,
Exprimit & forti. pus faniemque manu.
Emundatque finus omnes, omnesque latebras,
Cultello, quæ funt computrefacta, fecat,
Saucia deficcat, jungit diducta, cruorem.
Siftit, & unguentis tenfa tumore linit.
Imponit demum perlotæ fplenia plagæ,
Illaque panniculis linteolisque ligat.
Quid fit? Confeftim lætum *Germania* vul-
tum
Induit attollens fronte ferena caput.
Reddita nempe fuit redivivæ priftina *Virtus*
Cumque vigore color, cumque colore vigor,
Nunc igitur, Gustave, tibi fe debet &
offert,
Agnofcens Medicum Te Dominumque
fuum.

Anhang
zu den Nachrichten
von der
Person und dem Leben
des
Johann Joachims v. Rusdorf.

———————

Ein an sich kleiner, gleichwohl aber Be-
merkungs = würdiger Umstand ist:
Daß Rusdorfs Dedication seiner Vin-
diciarum Palatinarum an Churfürst Carl
Ludwigen zu Pfalz den 20. Aug. 1640.
mithin, wie aus seinem Leichenstein zu er-
sehen, nur sieben Tage vor seinem Ende datirt ist, wie er dann auch in der Zuschrift meldet: Daß er sehr krank seye
und schwerlich das Ende dieses Drucks
erleben werde; wie doch gleichwohl ge-
schehen zu seyn scheinet.

Nachdem diese Schrift schon abge-
druckt worden, erhielt man durch die Güte
K des

des Herrn Hofrath und Bibliothecarius
Schleger von Gotha die Tentamina
prima de Statu litterario & eruditis, qui
in Palatinatu electorali per tria fere secu-
la floruerunt &c. Heidelbergæ, 1761.
Herr P. W. L. Fladt dermaliger Chur-
fürstlich-Pfälzischer Ober-Appellations-
Rath zu Heidelberg, als der Verfasser
dieser gelehrten und schönen Schrift,
führt unter denen Pfälzischen Gelehrten
der Jahre 1632-1680. als dem Zeit-
raum der Regierung des Churfürsten
Carl Ludewigs, auch unsern Rusdorf
an, und bemerkt (S. 30. nota (e),) es
seye noch zweifelhaft, ob man dem letz-
tern eine gewisse Schrift unter dem Titul: Perspicua dissertatio de singularibus
& propriis Juribus deque eminentia &
prærogativa Comitis Palatini ad Rhe-
num, Sacri Romani Imperii Archidapi-
feri, super alios Principes Europæ, scri-
pta Anno 1638. in 4to deren Dedication an einen Herrn von Graven und
Hampstede, im Haag geschrieben, und
mit den Buchstaben An de V. Q. unter-
zeichnet seye, zuschreiben dörfe. Das
von

von uns oben angeführte Buch, Facis
Hiſtoriæ Compendium, in welchem ſich
Herr v. Rusdorf, in einer Anſpielung
auf ſeinen deutſchen Namen Anaſtaſius
de Valle Quietis d. i. Rus= oder Rues=
dc..f nennet, welche Worte in ihren An=
fangs=Buchſtaben, die von Herrn Fladt
gemeldete An de V. Q. ausmachen, be=
weiſen hinlänglich, daß die von ihm be=
merkte Schrift, den Herrn von Rus=
dorf allerdings zum Verfaſſer habe. Da
derſelbe in einem Schreiben an Herrn
Caſpar Barthius vom Jahr 1618.
(welches im 2ten Band ſeiner Hand=
ſchriften S. 788. 789. enthalten iſt,)
ſich ſelbſt zu dieſem erdichteten Namen
bekennt, ſo bleibt gar kein Zweifel übrig.

Zu denen aus Herrn v. Rusdorfs
Feder gefloſſenen Schriften gehören auch
noch folgende :

Juſtitia Imperatoris, circa Declaratio-
nem Banni, contra Comitem Palatinum. Londini 1621. in 4to.

Diſcours du Palatinat & de la dignité
Electorale contre les pretenſions du
Duc de Baviere. Heidelberg 1636.

Mani-

Manifeſtum f. Deductio Caroli Ludo-
vici ad S. Cæſar. Maj. continens Jus
ſucceſſionis in Electoratæ. Palatino.
. . . . . 1637. fol. *)
Briefve Information des affaires du Palatinat lesquels conſiſtent en quatre
Chefs principaux qui ſont: 1) l'ac-
ceptation de la couronne de Bohe-
me, 2) le different qui en eſt ſur-
venu entre l'Empereur Ferdinand
& le Roy Friederic, 3) la Pro-
ſcription & Sanglante procedure,
qui s'en eſt enſuyoie, 4) & l'en-
tremiſe du Roy de la grande Bre-
tagne avec ce qui s'eſt paſſé pen-
dant icelle. Impr. l'An 1624. in 4.
Die ſo benahmte: Everſio Electoratus Bavarici wird auch dieſer geſchäfti-
gen Feder zugeſchrieben und hat der be-
kannte Aolzreiter unter dem Titul:
Adſertio Electoratus Bavarici darauf geantwortet.

*) v. Jenich Bibliotheca Juridica in fol.

Folgende eingeschlichene Druckfehler
wird der Leser gütigst entschuldigen
und verbessern.

Seite 11. an statt geschriebene, gedruckte.

S. 14. Linie 5. an statt sich, sie.

Auf eben der Seite an statt Barthies, Barthius.

* * * in der Note *) an statt libris, libaris.

S. 15. Note *) an statt Handschrift, Handschriften.

S. 17. Linie 17. folgt auf erzählet, auch.

S. 18. An statt Hiervon kommt er darauf, Hierauf folgt.

S. 20. Linie 19. an statt seinem, seinen.

S. 22. Note *) Linie 7. an statt ihrer, ihnen

S. 23. an statt Königrich, Königreich.

S. 26. Note *) an statt D, D und an statt Sprache, Dichtkunst.

S. 32. Linie 16. an statt vornahme, vornähme.

S. 33. an statt Seite, Saite, und an statt hätte ihn, hatte.

S. 34. Linie 14. an statt Frucht, Furcht, und an statt 1625, 1627.

S. 35. an statt Anstroather, Anstrouther.

S. 37. auf der vor letzter Linie an statt muß, müßten.

Seite

Seite 44. Note an statt Austriacum, Austriacam zweymal, und an statt Schwaben, Schweden.

S. 45. Note *) an statt J, et.

S. 49. an statt von der Stadt, aus der Stadt.

S. 53. an statt dem Hoffchranzen, den Hoffchranzen.

S. 54. Linie 8. an statt ihn, ihm. Linie 13. an statt dus, das. Linie 14. an statt aes, des.

S. 55. Linie 9. an statt nun, nur. L. 18. an statt einem, einen.

S. 56. Linie 1. an statt alle, alles.

S. 58. L. 26. an statt, er oben gesagt hat, oben ist gesagt worden.

S. 59. an statt literaria, *literariæ*.

S. 61. Linie 8. an statt Beeichte, Berichte.

S. 65. an statt Regimjs, *Regiminis*, und an statt proloquies, *proloquier*.

S. 81. an statt egni, *Regni*.

S. 83. an statt quia, *qua*.

S. 88. an statt argenteo, *argento*.

S. 89. an statt volumniosa, *voluminosa*.

S. 91. an statt duocim, *duodecim*.

S. 92. an statt mortualique, *mortualiaque*.

an statt Laurentium, *Laurentinum*.

S. 96. an statt Diocæsiis, *Diocæsis*.